悪魔のコーラス

モモコグミカンパニー

河出書房新社

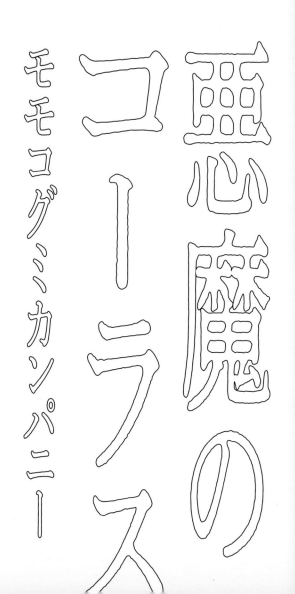

目次

悪魔のコーラス

プロローグ

「皆さんは、歌を歌うことの意味、他者と声を重ね合わせることの意味を考えたことはありますか？」

ゆったりとした学長の声が、静まり返った空間を包むように響き渡る。

まだ夏の名残りのある九月中旬だというのに、長椅子はひんやりとしている。だけど、学校指定の制服のスカート丈《だけ》は原則膝下に揃えることが決められているから、太腿《ふともも》が冷えなくていい。焦げ茶色で最低限のプリーツしかあしらわれていない、創立以来変化のないダサい制服は嫌だったけど、それだけは良いところかもしれない。前の学校だったらスカートが長いだけで、クラスメイトにナメられていただろうと思いながら、背もたれに身体を委《ゆだ》ねた。堅い木の角が首の裏側に冷たく突き刺さる。吹き抜けの天井、ステンドグラスから降り注ぐ色とりどりの光に包まれていると、そんな記憶の破片も吸い込まれていき、遠い昔のように思えてくる。

「小鳥遊《たかなし》自由学園は、今年で創立百周年を迎えます。とても特別な年です。年に一度の合唱祭は、いつにも増して特別なものになることでしょう。外部からもたくさんのお客様がいらっしゃいます。皆さんも合唱祭に向けて日々の準備に勤《いそ》しんでいることでしょうが、今一度、気を引き締めていきましょう」

次の瞬間、三百人を超える全校生徒が一斉に立ち上がった。何か合図があったのだろうか。

私も慌てて他の生徒と同じように聖書を片手に起立する。

「皆さん、讃美歌《さんびか》は自分たちのために歌うものではありません。神を讃《たた》えるために歌うものです。声を合わせるということは、皆さん一人ひとりが神を讃えるという気持ち、自分以外の誰かを思いやる気持ちで心を一つにすることが何より重要なのです。息を吸って吐く、これだけの行為で私たちは神の子として、神と繋《つな》がることができるのです。目を瞑《つぶ》って足の裏が大地と繋がっていることを感じましょう。そして、息を大きく吸って。さあ——」

学長が両手を広げるのと同時に、荘厳《そうごん》なパイプオルガンの音《ね》が鳴り響く。生徒たちが一斉に息を吸い込みチャペル内の空気が揺らぐ。一連の動作は、全て入念に打ち合わせをしていたかのように滑《なめ》らかだ。短い前奏のあと、生徒たちは大きく口を開けて気持ち良さそうに讃美歌を歌い始めた。

私は、まだ覚えきれていないその歌詞を辿《たど》るのを諦めて周囲を見回す。朝日がパイプオルガンに降り注いで美しく乱反射している。皆同じように、一心不乱に歌っている。気を抜いて私語をしている生徒がいないのは、彼らが〝神の子〟だからだろうか。

小学生のとき、両親に連れられて通った教会の空気を思い出した。

そこに集まる人々は、形のない何かに向かって手を合わせながら、根拠もなくそれを信じているように思えた。

神には身体がない。声がない。温《ぬく》もりがない。死んでしまった人と一緒じゃないか。そんなものに縋《すが》りつく人間の姿は、私には滑稽《こっけい》に思えた。どうして彼らがそこまで形のないものに忠誠を誓えるのか、私には分からなかった。

そもそも、信じるということの意味すら今の私にはぼんやりとしている。神以前に、前の学校のクラスメイトですら私は信用できなかった。みんな口を揃えて『可哀想』なんて言うくせに、内心ではきっと不運な私のことを面白がっていたのだろう。

いつの間にか歌やパイプオルガンの音色は止み、外から小鳥のさえずりだけがはっきりと聞こえてくる。

「それでは皆さん、清らかな一日の始まりに、神の御名《みな》によって祈りを捧《ささ》げましょう。アーメン」

学長の言葉に続けて、全ての生徒が手を合わせる。目を軽く瞑り、「アーメン」と口を動かした。

この行為も、いったい誰に何を願っているのか分からないが、何度かやっているうちになんとなく意味のあることのように思えてくるから不思議だった。

形のない何かに手を合わせ、私はなんだか煮え切らない感情に包まれながら、同じ長椅子の右端を盗み見る。彼はこんなとき、いったいどうやって祈っているのか気になったからだ。

視線の先には、他の生徒と同じように祈りの姿をしている男子生徒がいた。しかし、右手はブレザーの袖《そで》にしっかりと覆い隠されている。よく見ると、彼は額に左手の指先がめり込むほど真剣に祈りを捧げているようだった。その姿は祈りというより、何かに懺悔《ざんげ》しているようにすら見える。

祈りが終わって辺りがざわつき始めると、彼の手もゆっくりと額から離れる。

今日も、学園の神聖なる一日が始まった。

第一章

1

「朝練が潰されるの、ホント無理。放課後は部活もあるし。今年はクラス練、毎日でもやりたいくらいなのに」

　月曜午前中の授業が終わり、前の席にやってきた渡辺葉月《わたなべはづき》がこちらに身体を向けて言った。お決まりのジャムパンを頬張っている。

「なんか、みんなホント気合入ってるよね」

「あったりまえじゃない！　高校進学が懸《か》かってるんだから。合唱祭は戦争なんだからね」

　葉月が私の席に手をつくと、綺麗に結われた艶《つや》やかなポニーテールが微かに揺れた。

　クラスの中でも容姿の抜きん出ている彼女を初めて見たのは、母・原田優子《はらだゆうこ》に小鳥遊自由学園のパンフレットを見せられたときだった。葉月は制服紹介のページで学校指定のシックなブレザーを華麗に身に纏《まと》っていた。だから、彼女と同じクラスになって実物に初めて会ったときには、まるで芸能人に会ったような気持ちになったのを覚えている。彼女は学級委員だったので、学園内を案内してもらっているうちに、こうやって休み時間を一緒に過ごす仲になっていった。

「前の学校だったら考えられなかったな。合唱なんて誰も真剣にやってなかったから」

そう言った直後に、彼女がクラス合唱の伴奏者であることを思い出す。慌てて口を覆ったけれど遅かった。

「何言ってるの？　透花《とうか》だってもうこのクラスの一員なんだからさ。そんな気持ちじゃ困るんだよ！」

「でもさ、葉月はどうして合唱部に入らなかったの？」

小鳥遊自由学園は、幼稚舎から高等部まで一貫している共学の私立学校だ。学園全体でキリスト教カトリックの理念に基づいた教育を行っており、特に合唱に力を注いでいることで全国でも有名だ。

小鳥遊自由学園系列の中でも、ここ中等部の校舎は一番年季が入っていて、重要文化財にも指定されているらしい。校舎の近くには立派なチャペルもあり、週の始まりの月曜日には決まって、生徒一人ひとりが自分の聖書を持ち寄りそこで祈りを捧げる。

中等部まではほぼエスカレーター式だが、高等部に進む際は、成績優秀者の三分の一のみが内部進学を許される。高等部は偏差値が高く、人数も多く取らないため、外部受験しても倍率が異常に高い。高等部から有名大学への進学実績も多いので、ほとんどの生徒が内部進学を狙っていた。

その一方、学園自体が合唱に重きを置いているため、合唱部に入っているだけで内申書《ないしんしょ》が良くなる。合唱に懸命に取り組むことが内部生にとって進学への一番堅実な道だった。その傾向は年々強くなっていると、母が言っていたのを思い出す。逆に合唱を疎《おろそ》かにすると進学は難しくなるほどだった。

「そりゃ、合唱部に入ったほうが印象は良いと思うよ。〝小鳥遊自由学園の合唱部〟なんだから。でも私、髪の毛切りたくないしさ。それに、バスケは小学校からやってたし。まあ、ちょっと過疎《かそ》ってるけどね」

十数個の部活がある中で、学園の三分の一の生徒が合唱部に所属しているのは、やはり誰もが小鳥遊自由学園の合唱部という肩書きが欲しいためだろう。

クラス内を見渡すと、短く髪の毛を切った女子生徒が目立つ。彼女たちは耳を出し、襟足《えりあし》は丁寧に刈り上げられた髪型をしていた。小鳥遊自由学園合唱部は、男女という性の枠組みを超えた発声に取り組むことを方針としているため、合唱部に入っている生徒はみんな同じような短い髪の毛をしているのだそうだ。

「私も、合唱部入ろうかなって最初は少し考えたよ。でもさ、ちょっと過激だなって思うことがあって。男子でもソプラノの発声やらせたり、テノールに女子がいたり。それが男女平等？なのかもしれないけど、私には理解できないなって。あとね、音楽室は授業と合唱部の放課後練習以外は基本、鍵がかかってて使えないの。合唱部は休み時間に休息を取るべきだとかいう理由で。ホント、意味分かんない。だから、合唱部はちょっとね。それに、寮の先輩に訊いたら、合唱部以外でもちゃんと内部進学してる人もいるみたい。何より合唱祭でのクラス合唱が一番重要なんだから、そっちで頑張ればいいんだよ。大丈夫！　うちのクラスには小鳥遊さんがいるからね」

葉月がそう言って、同じく髪を短く刈り上げている小鳥遊紫音《しおん》の姿を捜したが、彼女は今日も休み時間に教室から離れているようだ。

クラス合唱の指揮を担当する学長の娘の紫音を最初に見たときは、葉月ほどパッとした印象はなかった。合唱部の象徴となっている黒髪のボブは綺麗に切り揃えられ、神経質そうな細い銀縁の眼鏡は、彼女の鋭い目を強調していた。私は彼女が合唱練習時や、授業中の発言以外で喋っている声を聞いたことがない。紫音ばかりではなく、他の合唱部の女子部員、男子部員にもどこか厳格な雰囲気があった。

「合唱部だから、話す必要のないときは極力喉を使わないようにしてるんじゃない？」

私がそのことを伝えると、葉月はそう言って笑っている。

転校してまだ半月しか経っていないが、小鳥遊紫音が学長の娘として生徒からも一目置かれているのは伝わってくる。クラス指揮は他にもやりたい子がいたにもかかわらず、紫音が立候補したとたん、無言のうちに指揮は彼女に決まったのだと、葉月から教えてもらった。

まだ葉月以外に話をする友人はできていない。それより、みんなに避けられているような気さえしていた。でも、微妙な時期に転校したことに加え、学園は一貫校だ。外部からの者に対して冷たいのは仕方ないのかもしれない。

小鳥遊自由学園系列の中でも一番権力を持っているのが紫音の父親、つまり中等部の学長・小鳥遊晴彦《はるひこ》だ。学長は小鳥遊自由学園の創設者の孫で三代目らしい。数多くの教育本を出版し、テレビにもよく出演している。ゆくゆくは学園全体のトップになる人である。

しかし、そんな学長は私からすると、ただの中年のおじさんにしか見えなかった。自分の学校の学長が父親ってどんな感じなんだろう。私は、父のことを思い出してしまいそうになったから、頭を左右に軽く振った。

「でもさ、そういう意味では透花もなかなか強いよね。学長の遠い親戚なんでしょ？　だったら、内申点とか関係なく高等部行けるんじゃないの？　いいなあ。透花は小鳥遊さんとも親戚ってことだよね？」

「いや、遠い親戚っていうか、知り合い程度かな？　学長とも小鳥遊さんとも直接の関わりってなくて」

「へえー、いいなあ」

葉月がこちらにどこか試すような目を向けてくる。私は葉月から視線を逸《そ》らしながら「そんなことないよ……」と小さく呟《つぶや》いた。こんなときどんな顔をすればいいのか分からない。

転校生を取らない小鳥遊自由学園に、二年の夏休み明けの微妙な時期に入ってくること自体異例なのは分かっている。しかし、他の生徒は特にそんな私に何か訊いてくることはなかった。

葉月にだけは、母が用意した『学長の遠い親戚だからその伝手《つて》で入学することになった』という建前《たてまえ》を使っていた。

そのとき、後ろのドアから「渡辺！」と葉月を呼ぶ声がした。

振り返ると、パンフレットで葉月の隣で制服を着て、爽やかな笑みを浮かべていた男の子だった。

葉月がやれやれと仕方なさそうに席から立ち上がり、彼の下に近寄っていく。

葉月を含め、学園関係者には私の転校してきた詳しい事情は何も話していない。本当のことは言えないし、仲良くしてくれている葉月に嘘もつきたくない、だからできれば何も訊いてほしくないのが本音だった。

私が引き攣《つ》った顔を両手で包み込んで解《ほぐ》していると、葉月は辟易《へきえき》した様子で席に戻ってくるところだった。

「あれ、もう戻ってきたの？」

私の問いに、葉月は小さく溜息をつく。

「野田《のだ》、あ、さっきの男子ね、同じバスケ部なんだけど、ああやって休み時間によく話しかけてくるの。しかもくだらないことばっか。大事な時期だしフワフワしてらんないのにな。告《こく》ってくれたらちゃんとフレるのに」

「お似合いだと思うけど」

私は素直に思ったことを言うと、葉月は「ないない」と大袈裟に手を左右に振った。

「良い奴だけど、野田はクリスチャンじゃないしね」

当たり前のようにそう付け加える。

私は、どうしてクリスチャンじゃないとダメなのか訊きたかったが、踏み留まった。宗教のことに関して、あまり深入りしないほうがいいような気がしたから。

「そんなことより、学長と遠い親戚なのはいったん置いといてさ、そもそもなんでこの時期だったの？　訊いてなかったよね」

葉月がそう言うので、私は母に叩き込まれた言葉を復唱する。

「父親の転勤で、急にこっちに引っ越してくることになって、学校に困ってたら、縁があって学長から声をかけてもらったの。でも、私、みんなみたいに頭良くないし、高等部は端《はな》から考えてないよ。そもそも無理だし」

高等部に入る気がないとの言葉を発したとたん、葉月の表情が一気に明るくなる。

「そうなんだ。そっかそっか。でもめちゃくちゃラッキーだよね。小鳥遊自由学園、入りたくても入れない子のほうが圧倒的に多いのに。偏差値も学費も高いうえにあんまり人数も採《と》らないしさ。学長もよくそんなことしたよね。あれか、自分以外の誰かを思いやるっていうやつ？」

『自分以外の誰かを思いやる気持ちが何より重要なのです』

今朝の学長の言葉が蘇る。

しかし、この学園の生徒たちは、誰かのためというより、みんな自分のために、自分の進学のためだけに大きく口を開け、力いっぱい声を出しているようにも見えた。

「まあ、ラッキーなのかな。でもどうして、みんなこんなに内申必死なの？　まだ二年生なのに」

そう言うと、葉月は両掌を勢いよく机に叩きつけた。

「透花！　内申点は二年と三年の総合で決まるんだよ！　もう戦いは始まってるんだから！」

「そうなんだ……」

私が惚《とぼ》けた声を出すと、葉月は信じられないというような顔をした。

「そうだよ！　透花はなんも知らな過ぎ。まあ、転校生だからしょうがないか。あのね、高等部に行ければ有名大学への推薦もあるの。『小鳥遊出身』は強力なブランドなんだよ。それに高等部は都心だし、私服登校もできる。こんな、周りになんもない場所とも、ダサい制服ともおさらばできるんだから！　私、何がなんでも高等部に行く！」

「そっか、だから順位表とか貼られてるのね。前の学校ではそんなのなかったから新鮮だったんだ」

二年生の廊下には、前学期の期末テスト総合点の、上位二十名の名前が貼り出されていた。

ふと葉月のほうを見ると、さっきまで熱弁していたのに、あからさまに表情を暗くしている。順位は、確か一位が紫音で、葉月の名前はなかった。上位に入っていないことを、葉月は思いのほか気にしているのかもしれない。私は慌てて話題を変える。

「でもさ、そんなに頑張って高等部に行ってさ、その先に何かなりたいものがあるの？」

「私、神様に恩返しがしたいの……」

葉月は俯《うつむ》き加減のまま呟く。転校してまだ少ししか経っていないから、彼女のことは深く知らないが、初めて見る表情だった。

「恩返し？」

「そう、高等部に行って、良い大学に通って」

「どういうこと？」

葉月は私のことを無視して話し続ける。その目は、さっきとは打って変わって輝きに満ちていた。

「それでね、結婚式はチャペルでやりたいんだよね。絶対にクリスチャン同士で」

「そんな先のことまで考えてるの？」

自分の結婚式のことなんて考えたこともなかった。

「うん。よくさ、クリスチャンでもないのに、チャペルで式を挙げる人っているでしょ？　まあいいんだけど、私はね、そんな形式的なものじゃなくて、心から神様の前で誓いたいの。大規模じゃなくていいから、大切な人を呼んで。大切な人生の節目に、誰かと一心同体になってこれから人生を歩んでいきますって誓えることができるのって、何より幸せなことだと思うのね」

葉月はうっとりとして続けた。

「私たちは神の子だから」

「神の子？」

私が半笑いで訊き返すと、葉月は少しムッとする。

「そうよ。私たちは神の子よ！　だから遠くからこの学園に入学して、寮にまで入ってるんだからね！」

その自信たっぷりな信仰心と愛校心に、どこか既視感《きしかん》を覚えた。

「なんか、葉月ってうちの母親に似てる」

「そう？」

「うん、上手く言えないんだけど。葉月って、そのうち自分の子どもも小鳥遊学園に入れそうだよね。うちの母もね、園出身者でクリスチャン。色々あって今まで公立だったけど、母親は本当はずっと私を小鳥遊学園に入れたかったみたい」

母はここ小鳥遊自由学園の卒業生で生粋《きっすい》のクリスチャンだ。母が在籍していた頃はまだ今みたいな〝エリート学園〟という雰囲気は薄かったようだが、今や国内有数のエリート校とメディアでももてはやされている。母はここの出身ということがかなりの自慢のようだった。

「そうなんだ。でも、私が憧《あこが》れてるのは結婚までで、自分の子どもなんて上手く想像つかないな」

葉月は急に真剣な顔になった。

「だってさ、自分の遺伝子を受け継いだものをこの世に生み出すってことでしょ？　そんな神様みたいなこと、私なんかがしていいのかなって思う」

「そんな風に思ってるの？」

彼女から出てきた意外な言葉に私は首を傾《かし》げた。結婚を夢見ている一方、そんな風に考えているのが不思議だった。彼女はその綺麗なポニーテールの毛先を触りながら続けた。

「私ね、今は美容院でストレートパーマかけてもらってるけど、昔から天然パーマなの。そのせいで、小学生の頃いじめられたことがあって。だから、遺伝子を受け継がせたら子どもが同じ思いをするかもしれないでしょ。それって責任取れないもん」

「でも、葉月の遺伝子は残すべきだよ」

私はとっさに言った。しかし、その後すぐに自分の発言に違和感を覚えた。本来、残すべき遺伝子、残さないほうがいい遺伝子なんて区別できないはずだ。

「私、大して頭も良くないし、もともと物覚えがすごく悪いの。公立の小学校に通ってたんだけど、いじめられてたから絶対中学は私立に通おうと思って。そのとき死ぬ気で勉強したからなんとか受かったけど。天パじゃなかったらこの場所にはいなかっただろうな。家も遠いし」

彼女は切なそうに笑った。

「葉月、そんなに家遠いんだっけ？」

「うん、実家は他県だからさ。そこからだと電車で片道一時間半はかかるかな。まあ、実際、通えないことはないんだけど、寮も楽しそうだなって思って。そんな多いわけじゃないけど、寮に入ってるだけで友達もできるしね。先輩からテストの過去問を貰《もら》えたりもするし、何かと便利だよ。家が近くても入ってる子もいるくらい。透花も勧められなかった？」

「ああ、確か……」

そう言えば、母親からそんな話を聞いた気がした。

「それに寮生はスマホ使えるしね。まあ、原則寮の中と、帰省してるときだけだけど」

「うん、それは羨ましいな」

「でも今時ありえないよね。校内スマホ禁止って。前にスマホ持ち込んだ生徒がいたみたいなんだけど、その子やっぱり内申書に響いて高等部進学はできなかったみたいだよ。バカみたい」

小鳥遊自由学園はスマホの持ち込みは禁止だ。前の学校では授業中は使用禁止でも、持ってくることは許されていたし、授業中に隠れて友人とメールのやり取りをしたりしていた。けれど、この学園では誰一人持っているのを見たことがなかった。母は、学長からその説明を受け、もう必要ないでしょと、私のスマホを解約までしてしまった。私はそこまでする必要はないだろうと反発もしたけれど、この学園では周りの生徒もスマホを使っていないようだし、今のところ何も不便はない。もともとSNSとかもあまりやらなかったから、ないならないで楽だった。

「透花は、家近いんだっけ？」

「うん、歩いて十五分くらいかな。でもさ、そもそも寮ってクリスチャンじゃないと入れないんでしょ？」

そう言うと、葉月は目を見張った。

「え、透花ってクリスチャンじゃないの？」

寮生はクリスチャンであることが必須条件だが、学園には信者でなくても入学できる。しかし、それでも学園内の八割以上は信者のようだった。

「両親はクリスチャンだよ。特に――」

『特に父親は』と言おうとしてから口を噤《つぐ》んだ。葉月には何も話していないし、これからも話す気はない。私はその言葉を掻《か》き消すように、一度目を瞑って軽く息を吸った。

「親はそうなんだけどね。昔は教会にも連れていかれたし。でも、私は実際自分がどうかとか、よく分からなくて。まったく信じてないわけじゃないけど、クリスチャンですとは言いきれなくてさ」

自然と口調が早くなっていく。

そんな私を不思議そうに見る葉月に、「葉月の両親は？」と慌てて訊き返した。

「うん、私の両親もクリスチャンだよ。でも、だから私もっていうわけでもないかな。私、小学生の頃友達がいなかったから、放課後によく独りで教会に遊びにいってたのね。お菓子とかも貰えたし。そこにいる人たちはみんな優しく迎え入れてくれた。私にとってオアシスみたいな場所だったな」

「私も小さい頃、親に連れられてお菓子とか貰ったことあったな」

私の発言は見当違いだったようで、葉月は軽く咳払いをした。

「でも本当に感謝すべきなのは、やっぱり神様なんだよ。教会にいる人たちがみんな優しくしてくれるのは、神様を信じる者を神様は無条件に愛してくれるからなんだって。だから神様に対して信仰心のない人は今でもちょっとだけ怖いなって思ったりもする。こんなに仲良くなれたのに、透花がクリスチャンじゃないなんて残念だな」

葉月は本当に残念そうな顔をした。けれど、冷静に考えれば信者でなくても、優しくて心が広い人なんて山ほどいるはずだ。

葉月と私の間に窓の隙間から冷たい秋風が吹き込み、鳥肌が立っていくのを感じる。この学園は親密な雰囲気を醸《かも》しだしているのに、どこか居心地が悪かった。

2

「原田さん、ちょっといいですか？　原田さーん」

風のようにか細い声が耳に入ってくる。担任の佐野美代《さのみよ》だ。

「原田さん、次の授業で持ってきてもらいたい資料が――」

佐野先生と目が合う。そう言えば、今日は日直だったことを思い出した。

「葉月、ちょっと行ってくるね」

ところが、私が立ち上がろうとすると葉月がそれを阻止した。

「いいって、無視無視」

葉月は私の肩に手を置き、口角を上げながら「あいつの声が小さいのが悪いんだから」と付け加えた。

葉月ばかりでなく、教室内では他の生徒も佐野先生を見えない物のように扱っている。

「よし、次の授業に備えてお手洗いでも行こう！」

葉月は、躊躇《ためら》う私の手を摑みながら立ち上がる。

そんな私たちをよそ目に、佐野先生は表情一つ変えずフラフラと教室を出ていく。何かを諦めたような先生のその顔は、このクラスに入ってから何度も見たことがあった。


トイレの個室に入ると、下着に茶色のシミが付いていて生理になっていることに気がついた。中学一年の夏頃から始まって、それから何度も経験していることだけど、毎回ギョッとしてしまう。

前に保健の授業で、生理は妊娠するために厚くなった子宮の内膜が、精子を受精しなかった場合に剝《は》がれ落ちていく現象だと聞かされた。つまり私たちは母親になりうる身体だということだ。しかし、まだ大人になる準備なんてできていないのに、身体だけが妙に先走っているみたいに思える。

葉月にナプキンを持っていないか訊こうと思ったけど、さっき彼女がしていた遺伝子の話を思い出してなんとなく気が引けた。これくらいの血の量ならティッシュを丸めておけば残りの数時間は乗り切れるだろう。

私は個室から出て、すでに用を足し終えていた葉月の隣で蛇口を捻った。

「佐野先生にあんな態度取って、それこそ内申点に響くんじゃない？」

入念に鏡を覗き込む葉月に問いかける。さっきの先生の顔が頭から離れなかったのだ。

それでも、葉月は厳しい態度を崩さない。

「あの人にそんな権限ないから。それに、美術の成績も甘々でしょ。誰も授業聞いてないのにさ。マジ、佐野には何しても大丈夫だよ」

葉月の言葉にどこか違和感を覚える。担任をそこまで嫌うなんて、何かあったのだろうか。

二学期の始業式前日、学長から佐野先生を紹介されたときの彼女の翳《かげ》も、クラスでの扱いが原因だったのだろうか。

†

「二年B組の担任と、美術部の顧問をしております、佐野と申します」

「あら、とてもお若い方なんですね……」

学長室で佐野先生を紹介されたとき、母は疑わしそうに彼女の細い身体を品定めしていた。

佐野先生は確かに大学生くらいに見えるし、その低い背丈にショートの黒髪ボブが、彼女の若さをより一層引き立たせていた。

「佐野先生は、今年度から正式に赴任したのですが学園出身者なんですよ」

学長がそう言ったとたん、母の顔が華やいだのを覚えている。

「まあ、そうなんですね。じゃあ私の後輩ですわね。私、在学時は合唱部に所属していました。いやー、でも久々に来てもここは変わりませんね。私の頃は学長ももちろん別の方でしたし、生徒数も少なかったですわ。この校舎もまだ重要文化財には――」

「もう分かった、分かったから」

母の話が止まらないので、私はその肩を叩いた。母の思い出話は、いったん始まると面倒臭い。

それでも母は、早口で佐野先生に畳《たた》みかける。

「外部受験でもなく、中学二年生のこんな時期に転校なんて異例ですよね。うちの子は今まで普通の公立中学でしたし、勉強もそこまでできるわけじゃなくて、本当に普通の子です。他の生徒さんについていけるかどうか、もう、今から心配で心配で。だって、ここは普通の公立中学とはわけが違うでしょう？　ねえ、先生」

うるさいなあと思うが、これを口に出したらまた家で文句を言われるのは分かっている。

佐野先生は母とは対照的に落ち着いた様子だった。

「大丈夫ですよ。うちのB組には真面目な子もいれば、少しやんちゃな子もいますけど、みんな良い子たちです。透花さんもきっと上手く馴染めると思いますよ。私もできる限りサポートしていきますので」

佐野先生は冷静に、決められた台詞《せりふ》のように口を動かした。きっともっと面倒な親の対応だってあっただろう。

「頼もしいです。こんな子ですが、明日から何卒《なにとぞ》よろしくお願いします」

母がペコペコ頭を下げる中で、佐野先生と目が合った。しっかりした口調だが、新任の割にその目に輝きはない。

佐野先生は私に向けてぎこちなく笑顔を作る。

「では、佐野先生、新学期からよろしくお願いしますね」

やり取りを横で聞いていた学長がそう言うと、佐野先生はドアの前で一礼をしてから学長室を出ていく。

母と私、そして、学長の三人になると、母はほぼ自動的に学長のほうに向き直った。

「ホントにもう、学長さんにはなんと言ったらいいか。何から何まで頭が上がりません」

母は涙声でそう言って深く頭を下げる。あのことがあってから、母の涙には慣れたつもりだったけど、やはりドキッとしてしまう。

「いえいえ、お母さん、頭を上げてください。いいんですよ。逢沢《あいざわ》教頭は本当によくやってくれていたんですから。学園には欠かせない存在でした。私も学長として学ぶことが本当にたくさんありました。それに比べたら私にできることなんてこの程度で、情けないくらいです……。これは神の思《おぼ》し召《め》しです、どうかお母さんも気を遣わないでください。透花さんをこの学園に受け入れることは当然のことです。『あとはよろしく頼んだ』と教頭に言われている気がしたんです。きっと今も見守ってくれているはずですよ」

太陽に雲がかかり、学長室の窓から射し込んでいた光が一気に遮《さえぎ》られ、辺りが薄暗くなる。時代遅れで湿っぽい校舎が、より古ぼけて見えた。こんな場所で父は毎日のように働いていたんだと思うと、なんだか不思議な気分になる。

子どものことを最優先に考えてくれた父は、学長の言うようにきっと良い教師だったのだろう。父がいたから、私は好きなように生きていられたのかもしれない。いなくなってから、そのことに気がつく。

ふと学長の足元に、小さな猫が頬を擦《す》り寄せているのが見えた。いったいいつから、どこから入ってきたのだろう。そう考えていると、学長はその猫を愛《いと》おしそうに抱き上げて、再び口を開いた。

「もちろん、透花さんの父親が逢沢教頭だということは、内密にしておきます。そのほうが他の生徒も混乱しないでしょうし。透花さんも苗字が変わることですから、心機一転、我が学園でスタートする気持ちでいてくださいね。そう、生まれ変わったみたいにね」

学長はそう言って、お決まりの穏やかな笑顔をこちらに向けた。

父・逢沢史人《ふみと》は、母と同じく熱心なクリスチャンだった。二人が出会ったのもミッション系の大学だったらしい。

その後、父は教師となって小鳥遊自由学園中等部に赴任し、気がついたら教頭になっていた。

一人娘の私は母の意向で小鳥遊自由学園の幼稚舎に入れられたが、小学校からは普通の公立に通った。

「透花は、あの学園にはあまり合ってないと思う。なんていうか、小鳥遊自由学園は教師も生徒も熱心な人が多いから、透花みたいなのんびりしたタイプはきついんじゃないかな。公立でのびのび学んで、それから先は透花の好きなようにすればいいよ」

これが父の考えだった。

母はいつだって父に選択権を委ねていた。父と結婚する際にピアニストの夢を諦めたのも、大学で専攻していたピアノの経験を無駄にしないために、ピアノ教室を始めたのも父の意見だった。夕飯の献立も、お出かけに着ていく服も、母はなんでも父の意見に従っている印象だった。

そんな調子だったから、私の進学について、母も父の意見に納得したように振る舞っていた。

だから公立の小学校に通うことにした。

ところが中学に上がる前、父と母はこのことで酷く対立するようになった。滅多に喧嘩をしない二人のそんな姿を見るのは初めてだった。

ただ、母がいくら私を小鳥遊自由学園に入れたくても、私はそれに見合う学力を持ち合わせていなかったし、父親と同じ学校なんて子どもも通いづらいだろうという父の説得もあって、母は折れ、私は公立の中学校に進んだ。母をがっかりさせてしまったのは悲しかったけど、小鳥遊自由学園に対して微塵《みじん》の憧れも持っていなかった私は内心安心していた。平凡な学力、平凡なクラスメイト、平凡な毎日を、それなりに満喫《まんきつ》していた。

ところが、昨年の夏休み前の六月中旬、父親が倒れた。

連絡を貰って病院に駆け込んだとき、父はすでに息をしていなかった。一足先に着いていた母は、父の前で手を合わせてひたすら何かに対して祈っていた。

こうして、私の気持ちを優先してくれていた父は呆気《あっけ》なく私の前からいなくなってしまった。父がいなくなってから、うちは何もかもダメになってしまった。よく行っていた家族旅行は一切なくなったし、私は家での話し相手がいなくなってしまった。

親戚付き合いもまったくない。父は一人っ子で、祖父母は一昨年亡くなってしまっていたし、母の両親とは疎遠で会ったことがなかった。

母は毎日錯乱《さくらん》状態だった。ピアノ教室も休んでいたし、毎週通っていた教会にも行かなくなってしまった。母が子どもに戻ったようにいつまでも泣き止まないから、私は思い切り泣くことすらできなかった。母と二人きりの世界で、今までの平穏な暮らしは音を立てて何もかもが崩れていった。母が食事を作らなくなったから、私は仕方なくコンビニで弁当を買ってしのいだ。

それでも、私は休むことなく公立中学に通い続けた。父が亡くなったことは、知らぬ間に学校中に広まっていて、私は〝とても可哀想な子〟の扱いを受けるようになった。放課後に掃除をしていると、「こんなことやらないで、早く家に帰りなよ」と言われたし、私の周りは哀れみの目で埋め尽くされていた。

でも、私にはよく分からなかった。父は本当に死んだのだろうか。病室の父は穏やかな顔をして眠っていた。

家に居場所がなくて通っていた学校だったのに、次第に、私は学校にも行かなくなってしまった。学校に行って可哀想な子になるよりは、家で母の安全を見守っているほうがまだマシだ。母にまでいなくなられたら私は生きていけないだろう。


小鳥遊自由学園の話を母から聞かされたのは、中二の一学期に学校へ行かなくなってからしばらく経った頃だった。

「透花、話があるの」

私の部屋に入ってきた母の口調は珍しく明るくて、まるで人が変わったようだった。

「小鳥遊自由学園の中等部の学長さんが、心配して連絡くれてね。透花が学校に行ってないって言ったら、うちに来ないかって提案してくれたのよ。特別入学よ。お父さんがきっと導いてくれたんだわ」

「透花みたいな普通の子が入れる所じゃないのよ。小鳥遊自由学園は」

「透花、ほら学長さんがまた雑誌に載ってる、買ってきちゃった。見て見て」

それから、事あるごとに小鳥遊自由学園の話をしてくる母は、父が生きていた頃のように明るくなって嬉しかった。それからというもの、母は口を開けば学園のことや学長のことを話すようになった。

結局、私は母を元気づけるためだけに、小鳥遊自由学園に入ることに決めた。

入学手続きを済ませ、学園から帰ってくるときも母は上機嫌だった。

「透花、せっかくの学長さんのご厚意で小鳥遊自由学園に入れるんだから、合唱部にしなさいよ」

「なんで？　嫌だよ。興味ないし」

母の勧めに、私は即座にそう応える。母の希望を叶えるために転校したけれど、部活まで指図されたくない。

しかし母も譲らない。

「ダメ。小鳥遊自由学園と言ったら合唱部なんだから。絶対に合唱部にしなさい。じゃないと後悔するわよ。ママが保証するわ。学長さんも勧めてらっしゃるし」

そんな母の笑顔の裏には、母が期待する見当違いな私の未来があるのだろう。新しく貰った教科書が詰め込まれた鞄《かばん》が、より一層重く感じられてくる。

「学長学長うるさいな。前の学校の合唱練習でさえ嫌だったのに。私には向いてないって」

母の、『お父さんがこう言っているから』はいつの間にか『学長さんがこう言っているから』に変わったらしい。別に籍を置くくらいならいいけど、その言い方が気になった。意地でも合唱部なんて入るもんか。どれだけ探したって、父の代わりなんているわけがない。

「透花！」

すると母は私の両肩に手を置いた。

「ただの転校じゃないのよ。学長さんが学費まで工面《くめん》してくださるって言うんだから。パパがあの学園でよく働いていたから叶うことなのよ。こんなこと、本当はありえないの。お父さんがいなくなって、私たちが頼れるのは学長さんしかいないの。全部、透花のことを思ってくれてのことなのよ。もっともっと感謝しなさい！」

母の掌から滲《にじ》み出た汗が制服のワイシャツに伝わってくる。これから私たちは、二人きりで生きていかないといけないんだ。

母の目は真剣だった。

その目を見て、小鳥遊自由学園のダサい制服なんて着たくなかったけど仕方ないと諦める。部活も、母の言うとおりにするしかないのかもしれない。

3

放課後、生徒たちがそれぞれの部活動に向かう中、私は独りで美術室に向かった。

昼休みに呼びかけに応じなかったことを佐野先生に謝りたいと思ったのと、やっぱり合唱部の体験入部に足を運ぶ気になれなかったからだ。

しきりに合唱部を勧めてくる母の手前、帰宅部はありえない。まだこの学園に通い始めてから二週間ほどしか経っていないが、そろそろ本格的に部活動を始めないといけない。結果、自然と足がここに向いたのだ。

開け放たれた廊下の窓からは爽やかな風が吹き込んでくる。脂っぽく汗ばんだ額を撫でた。この校舎は、入学手続きのときは湿っぽくて古臭いとしか思えなかったけど、慣れてくるものだ。今では独特な安心感を覚えるようになっている。小鳥遊自由学園に愛着のある人たちの気持ちが分からなくもない。

この学園の生徒は、前の学校みたいに廊下を走ったりしないし、放課後ダラダラと教室に居残っている生徒も少ない。校舎と同じようにどこか品格が保たれている。しかしそれも、内申点に影響するからなのだろうか。

でもこれから放課後毎日のように、自分が合唱部の中で練習することは、やっぱりどうしても考えられなかった。

開かれた美術室の後ろのドアから顔を入れると、そこには佐野先生以外に他の生徒は誰もいない。佐野先生は前方の窓際で木の彫刻作品に熱心に目を向けていた。

「あら、原田さん」

室内に入ってきた私に気づいて、佐野先生はほんの少し目を見開いた。

「あの、昼休み、すみませんでした。日直なのに、資料……」

「いえ、いいのよ。それより原田さん、学校には慣れた？　困ったことがあれば何でも言ってね」

佐野先生はいつものように、感情の乏しい顔で機械的に口を動かす。

「はい。学級委員の渡辺さんが色々と親切に教えてくれるので、なんとかやってます」

「それは良かったわ」

先生は彫刻を眺めながら呟いた。その木彫りの彫刻はまだ制作途中のようだったけど、よく見ると人の掌を合わせたような形をしている。ただ、表面はボコボコで歪《ゆが》んでいるため、それが手だとは断言できない。

「あの、でも、やっぱり悪かったです。私、先生の声聞こえてたのに。みんなだって同じように……」

「いいのよ、もう少し耐えればいいだけだから」

改めて謝る私の声を遮る先生の声は、静かな中に鋭い怒りを含んでいるように聞こえた。そもそもどうして先生が生徒に無視されるようになったのか、その原因も私はまだ何も知らない。

しかし、そんな声色とは裏腹に、彼女の顔にはやけに爽やかな笑みが零《こぼ》れている。嬉しくて堪《たま》らないという感じだ。先生の笑顔は初めて見た。

「もう少し？」

私は思わずそう返す。

すると先生は改めて言った。

「また今度、みんなにも話すわね」

先生の前髪がフワリと風に吹かれる。私とは違ってニキビ一つない白くて綺麗な肌だ。最初に先生を見たときは幽霊に似ている印象しかなかったが、彼女だって教師以前に、一人の大人の女性なんだと気づかされる。

ともあれ、彼女がまた今度と言っているのだから、これ以上訊くのは良くないだろう。

そこで、ここに来たもう一つの理由を切り出した。

「先生、私、前の学校で美術部だったんです」

「知ってるわ。学長から原田さんに関しての資料は貰っているから。今日は見学に来たのかしら？」

学長から貰った資料と聞いたとたん、掌にジワッと汗が滲んでくる。先生はどこまで知っているのだろうか。

そのとき、古びた木製の扉が軋《きし》む音がした。

振り返ると、同じクラスの蓮見《はすみ》耀《よう》が立っている。心臓が大きく跳ね上がった。

「あら、蓮見くん。今日は来たのね」

彼は、私の姿を確認したからか、中に入るのを躊躇っているようだ。そんな彼に先生が手招きをすると、こちらに一歩入ってきた。

「これ、先生楽しみにしてるから。何か困ったことがあったら手伝うから言ってね」

佐野先生が、例の彫刻を取って蓮見くんの近くの机に置く。

蓮見くんは、何も言わずに軽く俯きながら席に着く。

私は転校生だけれど、彼のことは昔からよく知っていた。

蓮見くんは私の知っている頃とはまるで別人のようになっていた。背丈は私よりも少し低く、他の中学二年の男子生徒よりも一回りは小さい。小学生の頃と変わっていないように見える。しかし、こんなにも塞《ふさ》ぎ込んだ男の子ではなかったはずだ。

席に着いた彼は、私のほうを見向きもせずに彫刻刀を取り出して、おそらく利《き》き手ではない左手で危うげに木を彫り進めていく。

その姿がなんとなく見ていられなくて、私は先生に、今日は他の部活も見学に行かなくちゃいけないと言い残して美術室をあとにした。蓮見くんの姿を見るたびにあの日の記憶が蘇ってくる。

廊下を全速力で走りたい気分だった。どこまでも走り続けてそのままいなくなってしまいたかった。

私は、この学園で父の残り香を無意識に求めていたのかもしれない。父との思い出も、最初からなければこんな思いをすることもなかったのだろうか。しかし、どこに行っても、どう頑張ってもあの日々の記憶は振り払えないし、なくなってしまったものはもう戻らない。そのことを、心のどこかでは分かっていた。

第二章

4

美術室を出たあと、私は意を決して音楽室にやってきた。気は引けたけど、このまま母の希望を無視し続けるわけにはいかない。

扉を開けると、ピアノの音と歌声が止まり、そこにいる全員が一斉にこちらを振り返った。

ここは、前の学校と比べると二倍以上の広さがあるように見える。合唱台に綺麗に整列した生徒はザッと見て百名以上だろうか。全員が、合唱中に突如入ってきた私に責めるような視線を送ってきた。その威圧感に私は思わず怯《ひる》みそうになる。

しかし、音楽室の入口でただ立ち尽くしているのは気まずいから、とりあえず何か言わなければいけない。私は背筋を伸ばし、胸を張って姿勢を正した。堂々としていればいいんだよと、父もよく言っていたことを思い出す。

「あの、見学したいんですけど……」

すると、訝《いぶか》しげな顔でこちらを見つめる群れの中で、一人の女子生徒が手を挙げる。髪の毛を短く整えて細い目をした真面目そうな男が、指揮台の上からその女子生徒を「小鳥遊さん、どうぞ」と指揮棒で指した。

「ありがとうございます。こちら転校生の原田さんです。彼女のことは私に任せてください」

言ったのは紫音だった。彼女は授業中に発言するときよりも張りのある声をしていた。

「分かりました。では続けましょう」

細い目の男は、こちらに微塵も興味を示さずに、再び指揮棒を勢いよく振り上げる。続けてピアノの音と歌声が音楽室に充満した。よく見ると、合唱台に並ぶ男子生徒は、一人残らず指揮者の男子生徒と同じ髪型をしていたし、女子は紫音のように肩につかないような長さに切り揃えられていた。


合唱が一段落すると、紫音が私の近くに来て廊下のほうへと誘ってきた。彼女が音楽室のドアをピタリと閉めると、人の声がギリギリ聞きとれるくらいになる。

「原田さん、合唱部希望なんですか？」

紫音は、よそよそしく事務的な口調で問いかけてきた。転校初日からフレンドリーに校舎を案内してくれた葉月とは大違いだ。思えば彼女と面と向かって話すのはこれが初めてだ。思わず顔が強張《こわば》る。

「そう、です。あの、でもまだ合唱のこととかよく分からなくて。ちょっと様子見に……」

「父から話は聞いています。前の学校では美術部だったんですよね」

彼女の目がしっかりと私のことを捉えてくる。

「そう、そうなの。今日もさっきまで美術部の見学に行ってたの。でも、合唱部もとりあえず見ておこうと思って。何かしら部活入らないといけないって聞いたし」

言いながら紫音を見ると、彼女の顔はいつの間にかずいぶん険しくなっている。私は彼女を怒らせてしまったのだろうか。

しかし、少し耳を赤くする姿は可愛らしくも思えた。クラスメイトからは一目置かれているようだが、近くで見ると彼女は意外と小柄で、百六十センチを少し超えるくらいの私よりもずいぶん低い。

すると、紫音が棘《とげ》のある口調で言った。

「原田さん、ちょっと勘違いしてない？」

「勘違い？」

「合唱部を美術部みたいなのと一緒に考えてるでしょ？　全然違うから。そんな軽い気持ちで見学に来たのならこちらからお断りです。うちの合唱部は、学園の核になってるの。半端な気持ちで入るところじゃないんです。そもそも、合唱中に堂々と入ってくるなんてどういう神経してるんだか」

彼女の早口に圧倒されていると、音楽室の隣にある扉が開いた。隣に部屋があるなんて知らなかった。出てきたのは、今朝チャペルの祭壇に立っていた学長だった。合唱部は学長が直接指導していると母から聞いたのを思い出す。

「学長！」

私は反射的に学長に頭を下げていた。自発的にしたことだけど、母のすることに似ているのに気づいて嫌な気持ちになってくる。

「そんなそんな、原田さん、頭を上げてください」

言われたとおり頭を上げると、そこには今朝より一層朗《ほが》らかな顔をした学長がいた。

学長は次に紫音のほうを向く。

「紫音、どうした。大きな声出して」

「いえ、別に」

紫音が簡潔に答える。

「そんなに早口で。呼吸が浅くなっているんじゃないか？」

彼女のほうに目をやると、スカートの裾《すそ》を握った両手が小刻みに震えているように見えた。

彼女にとって学長は実の父なのに、やっぱり普通の親子とは違うのだろうか。

そこで、私は二人の会話に割って入った。

「学長、あの、私が悪いんです。合唱の途中で勝手にドアを開けて、練習を止めちゃったので」

「そうか、確かに合唱途中に入るのは良くないね。だけど紫音、原田さんは転校生なんだから、合唱部のルールを知らないのは当たり前だろう」

「はい。ごめんなさい」

謝りながらも、紫音は頑《かたく》なに学長と目を合わそうとしない。

「もういいから、練習に戻りなさい」

彼女は俯いたまま再び音楽室の扉に手をかけた。そのよそよそしさから、二人はとても実の親子とは思えない。しかし、同じ学校で生活するにはこんな距離感が大切なのかもしれない。私も父と同じ学校にいたら、こんな風に接することになったのだろうか。

紫音のあとを追って私も音楽室に戻ろうとすると、学長が再び声をかけてきた。

「原田さん、夏休み以来ですね。もう入る部活は決まりましたか？」

「いえ、まだ少し迷ってて。母が合唱部をすごく勧めるんですけど、私なんかが入っていいものかって」

「そうですかそうですか。でも焦らないで、自分の意思でゆっくり決めればいいですよ。今日は見学ですか？　紫音の言ってたことは気にせずにゆっくり見ていってくださいね」

「はい、ありがとうございます」

そう言って、私は深々と頭を下げた。

学長のゆったりした口調と穏やかな顔はまさに神様みたいだ。母の気持ちが少し分かるような気がする。

「それより、お母さんは元気ですか？」

学長はその穏やかな笑みを絶やさずにさらに訊いてきた。

「はい、元気にやってます」

本当は、嘘だ。一昨日、テーブルの上に雑に置かれた鮮やかな色の薬の山を見て、母が精神科に通い始めたことを知った。その事実は私を一層不安にさせている。

今日、入る気なんてなかった合唱部に無理やり足を運んだのも、そんな母に合唱部の話をすれば少しは元気になってくれるかと思ったからだ。

学園への転校が決まってから、母は少し明るくなり持ち直したかと思ったけど、それは長く続かなかった。もともと料理好きの母が、ここ一、二週間はまともな手料理を作ってくれない。今朝も母は起きてこなかったから、私は何も食べずに家を出た。母は、最近寝室に籠《こも》りきりで日中は眠っているようだった。夜中に起きていることも多いらしく、だんだん私と生活のリズムが合わなくなっている。私は学校に行く前と帰宅時は、母の寝室に入り、死んだように眠る母の口の上に手をかざして、その息を確かめるのが日課になっていた。こんな母でも、いなくなられたら私は生きていけないだろう。母が生きていることを確認すると、小声で「行ってきます」や「ただいま」と呟く。もちろん返事は返ってこない。しかし、母は父が亡くなった直後のように泣き喚《わめ》くことはなくなったから、まだマシなのかもしれない。

母が元気だと聞いた学長は、二回小さく頷《うなず》いた。

「そうですか。それは良かった。でも、あんなことがあったあとですし、無理のないように過ごしてくださっていたらいいんですが。原田さんも何か困ったことがあれば、いつでも言ってください。私は放課後、合唱部か、学長室にいます。少し入りづらいかもしれないですが、いつでもお喋りしに来てくださいね。お父さんの代わりだと思ってくれていいんですよ」

最後の一言に対し、私が困惑したのが伝わったのか、学長は小さく咳払いをして話を変えた。

「あと、実はお母さんに、合唱部の臨時講師として手伝ってくれないかと考えているんです。落ち着いたタイミングでいつでも顔を出してくださいとお伝えください。もちろん急《せ》かしているわけではありませんよ。元気なら何よりです」

その親密な笑顔に、母の今の状況を何もかも話して、助けてくれと縋りついてしまおうかと思った。しかし、たとえ神様にでも、なんでもあけすけに打ち明けてしまうのも違う気がした。


学長に誘導されて音楽室に戻ると、全ての音は止まり、こちらに向かって全生徒が一礼をした。一瞬自分に向けてかと思ったが、もちろんそれは学長に対してだ。

「皆さん――」

その声に、生徒が姿勢を正して学長を見る。チャペルでも感じたが、学長を前にすると、生徒たちのキビキビとした態度がより洗練されてくるように感じた。合唱部が学園の核だと言われているのも納得だ。

「こちら、二学期から転校してきた原田さん。今日は残りの練習を見学してもらいますからね。皆さんはいつもどおりで」

指揮者が「はい！」と切れの良い返事をしたあと、ワンテンポ遅れて他の部員も一斉に声を上げる。腹の底から出ているような重厚感のある声だ。

前の学校では、女子はアルトとソプラノ、男子はテノールとバリトン。合唱の際は、男女で分かれて並んでいた。しかしここでは、綺麗に男女に分かれていない。アルトのほうに男子がいたり、テノールと思われるほうに女子が交じったりしている。葉月から聞いていたが、これも学長の独自の方針なのだろうか。

そこで、再び紫音と目が合った。合唱台の二列目の中央にいる彼女はこちらを鋭い目で睨んでいる。さっきのことで彼女の機嫌を損ねてしまったのだろうか。

学長は合唱台の隣に置いてあるパイプ椅子に私を座らせると、指揮者の男子生徒と入れ代わりで指揮台に上がった。学長が指揮棒を振り上げる。音楽室の空気がより張り詰めた気がして、私も無意識に背筋を伸ばしていた。

直後、先ほどと同じ合唱曲が鳴り響く。

しかししばらくして、学長は曲を止めると、ゆっくりと話し始めた。

「聞いてください。皆さんはいま隣にいる人のことを知っていますか？　同じ部員なのだから、名前や学年、仲が良ければその人の性格くらいは知っているかと思います。でも、隣の人の顔をよく見てください」

その言葉に、生徒たちは左右にいる部員の顔を見る。

「しかし、それだけでその人のことを本当に知っていると言えるでしょうか？　いま隣にいる人がどんな考えを持って、どんな風に息を使って発声をしているか。そこまで分かっていますか？」

生徒たちは、その間も一切私語を話さない。ただ黙って学長の話を聞いている。

「声を合わせること、一心同体になることは決して容易《たやす》いことではありません。しかし、私たちはそこまでする必要があります。一つになるには、いま隣にいる人が何を考えているのか、どうやって声を発しているのか、その人の気持ちになって、自分を捨ててなりきるくらいでないと意味がないのです。——さて、門倉《かどくら》くん、君はいま何を考えて声を発していましたか？」

指名された生徒は「はいっ」と声を絞り出し、合唱台を降りて生徒の前に立った。ヒョロリと背の高い彼はブレザーの襟に、二年生の証《あかし》である青い十字架のピンバッジを着けている。しかし、見たことがなかったから他のクラスの生徒だろう。

門倉くんは、身を竦《すく》めたまま何も答えない。

すると、学長が穏やかな表情で話を続けた。

「私はこの場所から皆さんの顔を見ていました。門倉くん、君の表情だけ他のみんなと違って見えました。きっと違うことを考えていたのではないかと思います。合唱中はただ声を出すのが正解ではありません。ただ声を合わせていても、それは見せかけに過ぎません。それでは本当の意味で一心同体になることなどできません。門倉くん、分かりますか？　皆さんも同じです」

「はい！」

門倉くんに続き、全部員が声を合わせて返事をする。

「分かったら戻りなさい」

学長に促され、彼は緊張した表情のまま合唱台に戻った。

「皆さん、隣の人のことをどれだけ知っていますか？　そして、自分のことをどれだけ自分で分かっていますか？　相手は自分を映し出す鏡です。ここで新しいトレーニングをします。隣の人とペアになって、相手のことをよく観察してください。そして、その相手と同じ表情、同じ動作、同じ息遣いをしてください。どちらがどちらの真似をしているのか分からなくなるくらい忠実に」

学長の言葉に従い、生徒たちが向き合う。

「そうです。今は私語をしてもかまいません。歌ってもいいです。合唱台から動かなければ基本的に何をしてもいいです」

生徒たちは学長の言うとおり動き始め、ザワザワと声を交わし合った。

「ストップ。門倉くんどうでしたか？」

再び静寂が訪れる。

「はい、難しかったです」

慌ててそう応える門倉くんに、学長は言った。

「そうですね。難しいですよね。他人のことを理解するのは不可能に近いです。ただし、本当のところ相手のことを全て分からなくてもいいんです。その対象と少しでも一心同体になろうとする気持ちが何よりも大切なのです。相手の気持ちになる。〝なりきる〟ように努力する姿勢は、とても大切なことです。皆さん、それを忘れないように」

その後も練習は続き、気づけば帰宅を促すチャイムが鳴った。

すると学長は聖書を取り出し、その一節を生徒に向かって音読し始める。普段は穏やかな学長は指揮台に上がると、人が変わったように生徒を指導する。これが、母の言っていた学園独自の教育方針なのだろう。

合唱はただ声を出せばいいと思っていた私は、驚きながら学園をあとにした。

5

家に帰るとリビングは暗いままだった。母はまた寝室で眠りこけているのだろう。

部屋の明かりを点《つ》け、とりあえずコンビニで買ったお弁当をレンジで温める。母は、ここ最近はよくお金をダイニングテーブルの上に置いていた。それで、自分の食べる物を買ってくれということだろう。

テレビでも点けようかと思ったけれど、やめた。昔は面白いと思っていた番組でも、父親がいなくなってからは興味が湧かない。何に対しても心から笑うことができなかった。それに、テレビの音で母を起こしてしまうのも避けたい。今の状態の母に向き合うことは、現実を突きつけられるようで怖かった。

レンジで加熱したお弁当を適当に胃の中に詰め込みながら、今日の合唱部の練習風景を思い出す。学長の言っていたことは正しいと思った。相手のことを理解するのは難しい。生まれてから、いや生まれる前から一心同体であった母のことすら私は理解できないのだから。今では、父がいた頃に母とどうやって言葉を交わしていたのかも、上手く思い出せない。


それから五日間、私は放課後は決まって、合唱部の練習の見学のために音楽室へ向かった。合唱部に入りたいからというよりは、必死で学長の指導に食らいつく部員たちの姿を眺めるためだった。彼らは、いつも何かに取り憑かれているかのように必死に声を出している。そんな彼らの姿は何かのドキュメンタリー番組を見ているようで刺激的だ。それに、学長の指導は毎度何かしらの学びがあり、昔父に連れられていった教会を思い出させてくれる。

学長は二回目に見学した火曜の練習には顔を見せず、三回目は最初から、四回目は途中から、そして五回目はまた顔を出さなかった。

連日見学して分かったが、初日に指揮台に立っていた目の細い男子生徒は三年生で部長。そして紫音は二年生ながら副部長らしかった。学長がいないときは、主にこの二人が指揮台に上がり、合唱部を仕切っている。最後の聖書の言葉も学長の代わりに紫音が読んでいた。二人は学長の指導を真似ているようだったが、学長が指導に当たるときのほうが、やはり格段に音楽室の空気は張り詰めているように思えた。

三回目の見学のとき、学長は一日目の練習のときと同じように生徒を名指しし、指揮台に上がらせた。確か『目が泳いでいる』とか、そんな理由だった。

今度は女子生徒だった。緑の十字架バッジを着けているから一年生だろう。学長は彼女を指揮台の近くに呼び、生徒たちの前に立たせる。『片岡《かたおか》さん』と呼ばれる彼女は見るからに気が弱そうだ。

「片岡さんには、今ここで何かになりきってもらおうと思います。さて、何がいいかな」

音楽室がシンと静まり返る。

「なんでもいいんです。例えば君、今朝一番初めに何を見ましたか？」

学長が一番前の男子生徒に話しかけた。

「はい。僕は今朝通学路でおじいさんとその隣で散歩する犬を見ました」

「それはどんな様子だった？」

「はい、白髪のおじいさんは杖を突きながらゆっくりと歩いていました。痩せこけていて今にも倒れそうでした。その隣にいる犬は、対照的に大きなゴールデンレトリバーで、おじいさんを引っ張っているくらいの勢いでした」

「ありがとう。では片岡さん、今からその犬になりきれるかな」

その話を聞き、学長はいきなり彼女に告げた。

しかし、生徒の前に立たされた彼女は何もできない。ウルウルとした瞳は助けてくれと訴えかけている。

三十秒ほど経ったあと、彼女は意を決したように息を吸い込んだが、発した声は子犬のように弱々しかった。それから、彼女はシクシクと泣き始めてしまった。一年生だし、こんなに大勢の前で犬の鳴き真似をするのはかなり酷だ。泣き出すのも当然に思える。

「もういい、戻りなさい」

学長に突き放すように言われ、彼女は顔を真っ赤にしたまま合唱台に戻っていった。

「皆さん、片岡さんはなぜここで犬になりきることができなかったのでしょう?」

学長は再び語り始めた。

「想像がつかなかったから? それだったら、訊けばよかったはずです。それはどんな犬だったか。毛の色は? 吠え方は? 彼女は恥を捨てられなかった。自分を捨てきれなかった。だから黙ってしまったんですよね。しかし、犬は恥ずかしいと思いながら吠えているでしょうか? 道端を歩いているでしょうか? そんなことはないですよね。犬になることが恥ずかしいというのは人間のエゴです。自分を捨てきれていない証拠です。皆さんは恥を捨てることができますか?」

「ワオーン! ワオンワオン!! ハッハッハッハッハ」

そこで突然、目の細い部長が静寂を破り、犬の遠吠えを始めた。紫音もそれに続き、他の部員たちも同じように吠え始める。

「そうです。完全になりきることが大切です。自分を捨てるのです。犬の発声は、腹式呼吸の基礎でもあります。続けて」

音楽室が犬の大合唱になる。

その異様な光景に私は思わず笑ってしまったが、他の生徒は誰一人笑っていない。犬の鳴き真似はそれから学長が止めるまで三分ほど続いた。前の学校でも音楽の先生が腹式呼吸を教えるとき、同じように犬の鳴き方に例えたことがあった。そのときはみんなふざけていたのを思い出す。でも、ここではみんな必死だった。

その日の聖書の言葉を聞き終わり、学長が音楽室を出ると、紫音はホワイトボードに大きな字で『片岡日菜子《ひなこ》』と書いた。私は不思議に思ったが、他の生徒はそれに対して何も気にしていない。

私は紫音に近寄り、これはどういうことかと訊いたが、彼女はこちらを見向きもせず無視された。部外者には何も教えてくれないのだろうか。

次の日の合唱練習に、片岡日菜子が来ているのか気になったが、人が多くて上手く確認できなかった。

そして金曜日の練習が終わったあと、紫音に声をかけられた。

「見学の期間は一週間と決まっているし、練習を授業参観みたいにじろじろ見られているのは私たちにとってストレスなの。音楽室は神聖な場所。私たちは一体にならなくてはいけないから。見学がしたいだけなら、もう別の部活に行ってください」

そう言って彼女は、こちらに一枚の紙を差し出してくる。見ると入部届だ。部活動の名称の欄には、あらかじめ油性ペンで『合唱部』と記載されていた。

6

翌週月曜日の昼休み、鞄の中のクリアファイルに仕舞っておいた入部届を見返していると、葉月が教室に戻ってきた。今日もジャムパンとアイスティのパックを持っている。

私の前の席に着いて早々、葉月は入部届を覗き込んできた。

「えー合唱部じゃん！　なになに？　入るの？」

「ん、ちょっとね、親に勧められて、見にいったらこれ貰っただけ」

私は慌てて入部届をクリアファイルに戻す。葉月には合唱部の見学に行っていることは秘密にしていた。合唱部に入る気を見せると内部進学を狙っていると思われるからだ。葉月はとにかく内部進学に拘《こだわ》っているし、不本意に敵だと思われたくない。

けれど、それだけではない。合唱部での光景を誰かに話すことは、神様に背《そむ》く行為のような気がした。音楽室での合唱部の練習風景には、なんとなくそんな神聖さが漂っている。神様なんて信じていないのに、なんだかおかしな感情だった。

「でもさ、合唱部って、ちょっと怖いよね」

そこで、葉月が当たり前のように言った。

「怖い？」

「前に、同じ寮の合唱部の女の子が三日間、帰ってこなかったことがあって、帰ってきたときにはすごく窶《やつ》れてたの。その子に何があったか訊いたんだけど、何も話してくれなくて」

合唱部の話になり、つい紫音の姿を捜してしまう。彼女に聞かれたら、また何を言われるか分からないからだ。

しかし彼女は、今日も教室にいなかった。そういえば、彼女が休み時間に誰かと遊んでいるのを見たことがない。私が知っている彼女の姿は、授業中と放課後の合唱部の練習のときだけだ。

安心して葉月に訊き返す。

「三日間も？　何があったのかな」

「結局よく分からないままなの。こっちが心配しても当の本人は特にダメージ受けてないっていうか、むしろ清々《すがすが》しい顔でいるのよ」

ふと、音楽室のホワイトボードに生徒の名前が書かれていたのを思い出す。紫音はそのことについて何も教えてくれなかったが、合唱部に入れば何か分かるのだろうか。

「でもまあ、誰にでも秘密ってあるものだよね」

葉月はそう言って、アイスティのストローを咥《くわ》えた。彼女は口数が多いので、私が相槌《あいづち》を打つだけでも会話が成り立つ。私は前の学校にいたときより格段に口数が減っていたから、ちょうどバランスが取れていた。私が転校生だからか、色々と話しやすいのかもしれない。葉月は中学から学園に入ったようだが、幼稚舎や小学部からの筋金入りの学園生は、何か話すとすぐに噂が回るから信用していないと言っていた。

「そう言えば、透花はお母さんにお弁当作ってもらったりしないの？」

葉月が、通学途中のコンビニで買った私のおにぎりを見て話題を変えてくる。

「まあ、おこづかいは貰ってるし、買ったほうが楽だしね」

以前の母は、父の分と私の分、毎日お弁当を作ってくれていた。しかし、それも遠い昔のように思える。

「そっか。私ね、日曜日は毎週実家に帰るんだけど、親の作る料理ってさ、やっぱりいいなあって思っちゃった」

「そうかな。でもそれくらいの距離感がちょうど良いんじゃない？」

今日も家に帰ったら鬱々《うつうつ》とした母がいると思うだけで正直気が重い。

本当は、もう中学生なんだから親なんていなくても自分で生きていけるようになりたかった。けれど、私は入る部活すら未だに迷っている。

それに対して、学級委員やバスケ部の部長を難なくこなしている葉月は、自分よりも数段大人に見えた。

「まあね。確かに、うるさいときもあるから、寮にいて、たまに電話するくらいがちょうど良い気もするけどね」

葉月は食べ終わったいつものジャムパンの袋を丁寧に畳むと、おもむろにブレザーのポケットの中から何かを取り出し、机の下に忍ばせた。覗き込むとそれはスマホだ。「大丈夫なの？」と驚く私に、彼女は「シーッ」と口元に人差し指を置いた。

「透花に見せたいものがあって」

それから彼女は、机の下でスマホを操作して、私の前にかざした人差し指を机の下に向ける。彼女から机の下でスマホを受け取って画面を見ると、そこにはジャージ姿の大人の男性とその横で笑う葉月が写っていた。

「誰？」

私の問いかけに、彼女はモジモジとした様子だ。

「知らないの？　男子の体育の先生で、バスケ部の顧問の江藤《えとう》先生だよ。何度か体育で一緒になったことあるでしょ？　この前初めて写真撮ってもらったの。そもそもスマホ持ち込みもダメなのに、優しいんだー」

「ふーん、良かったね……」

突然の話に、私はいまいちついていけずおざなりに応える。

すると、私の反応に彼女が不服そうな表情をしたから、私は慌てて「江藤先生ってどんな人？」と訊いてみた。

彼女は嬉しそうに、江藤先生の住んでいる場所や、年齢、最近食べている昼ご飯だったり、たまに電話して相談に乗ってもらってることなど、訊いてもいないところまで饒舌《じょうぜつ》に話し出す。ついには、江藤先生の住んでいる家の外観の写真まで見せてきた。教師のことなのに、少し詳しすぎるような気がしたけど、彼女があまりにも幸せそうに話すから、それに対して口を挟むことはしない。私は、いつものようにただ相槌を打った。

7

結局、この日は授業が終わると、見学にも行かずに学校を出た。

帰宅して自分の部屋に入ると、もう一度鞄の中から入部届を出して眺めてみる。そろそろ九月も終わりに近づいている。紫音は九月中に入部を決めなければ、今後は一切合唱部に立ち入ることはできないと言っていた。

私はリビングに入り入部届をダイニングテーブルの上に載せておく。ここなら母の目につくだろう。父がいなくなってからは学園への転校手続きの前後以外、自分の部屋に籠ったまま、母は私にほとんど関心を示してこない。入部届は私なりの母への当てつけでもあった。

翌朝、起きてリビングへ向かった。壁掛け時計の針は正午を指している。翌日は祝日だからと夜中まで漫画を読んだりしていたから、起きるのが遅くなってしまった。父がいた頃、母は休日でも遅くに起きると私を叱ったのに、今はそんな小言を言われることもない。

ダイニングテーブルの上には、昨日置いておいた入部届がある。保護者のサイン欄に母の署名と判子《はんこ》が捺《お》されている。母が夜中に見つけて記入したのだろう。

そのことを確認すると、なんだか憤《いきどお》りが込み上げてきた。わざと母の目につく所に置いておいたというのに、自分でもよく分からない感情だ。そのまま、紙を破って捨ててしまおうかと思ったくらいだ。私にとって、この一枚の紙切れが、今の母と自分を繋ぐ唯一の物なのだ。なのに、母は私に何も訊かずに、それにサインだけで済ませる。

合唱部のことだけじゃない。学校でどんなことがあったかとか、どんな子と仲良くなったか、話を聞いてもらいたいことは山のようにある。父がいた頃は、なんでも話していたのに、今は誰に頼ることもできないことが辛《つら》かった。

母はまだ自分の部屋で眠っているのだろう。私は母の部屋の前に行き、そっと扉を開けてみた。昼間だというのに、部屋のカーテンは閉めきられていて薄暗い。空気もどこか澱《よど》んでいる。

「ママ……」

小声で呟いたが、何も反応がない。久しぶりに口にするその言葉は、知らない人を呼んでいるみたいだった。

「ママ！」

今度はもう少しはっきりと呼びかける。布団の中がモゾモゾと動き、ボサボサの頭が布団の奥に見える。以前は、私が母にやられていたことなのに、立場が逆になっていることに気づいて虚しかった。

「もうお昼だよ」

吐き捨てるようにそう言うと、「透花、学校は？」と頼りない声が返ってきた。

「今日は休みだよ」

「そう……」

「そうだよ。ねえ、起きてよ！」

しかし、母はそれに対して小さく唸《うな》るばかりで起きる気配がない。

「お願いだから!!」

そう口にすると、涙が出そうになったので急いでリビングに戻った。湿っぽいのはもうたくさんだ。

その後、昼ご飯のレトルトのカレーをレンジで加熱していると、母はやっと起きてきた。

パジャマ姿の母をなんとなく直視できないまま、私はレンジの中でクルクルと回るパックを見つめる。加熱が終わり、皿にそれをよそうと、テーブルに置いてあった入部届を、ソファにダラリと座る母に差し出した。

母は、少し面倒臭そうな顔をして、テレビのリモコンに伸ばした手を止めて言う。

「それね、書いといたわよ」

「違う。まだ決めたわけじゃないの。合唱部、迷ってるの」

「どうして、いいじゃないの。合唱部」

「だって……」

理由を説明しようと思ったけれど、上手く説明できずに言葉に詰まってしまった。母はそんな私を気にもせずにテレビを点けて画面を眺めている。入部届を見つめながら、昼下がりのニュースの音声だけがはっきりと耳に届いた。小学生の男の子が通り魔に襲われたという数日前からのニュースが、まだ大々的に放送されているようだ。

「ねえ、耀くんは元気にしてる？」

母が突如口にした懐かしい響きに、私は一瞬戸惑った。『耀くん』とは、今、同じクラスの蓮見くんのことだ。母は小学生の男の子のニュースで思い出したのだろう。

蓮見くんは、小学二年生から中学一年生の途中まで母の営むピアノ教室に通う生徒だった。私も小学生まで、母にピアノをやらされていたから、彼と教室で会うことはよくあった。その頃から彼は小鳥遊自由学園の小学部に通っていた。彼は、家が近いという理由で母のピアノ教室に通っていただけだったはずだが、私の父親が小鳥遊自由学園の教師ということもあり、蓮見家とは家族ぐるみで仲良くしていた。低学年の頃は、みんなで一緒にバーベキューに行った記憶もある。

蓮見家は、小鳥遊自由学園の傍《そば》に建つ蓮見総合病院の院長の父と事務長の母、そして耀の上に男二人がいる五人家族だ。一番上の兄は医大に通い、二番目の兄は小鳥遊自由学園に通い続け、今はもう高校生になっているはずだがどちらも優秀だ。

そして同じ歳の蓮見くんは、その華々しい家柄を鼻にかけることもない気さくで話しやすい男の子だった。その白く細長い指が華麗に鍵盤を叩く姿は美しかったし、私と違って練習熱心でかなり上手かった。母はよく家でも蓮見くんの話をしていた。『蓮見くんみたいに頭が良くてピアノもできるカッコいい男の子と中学で付き合えたらいいわね』と冗談で言われたこともある。蓮見耀は母のお気に入りの生徒だった。

しかし、学年が上がるにつれて、自然と家族ぐるみで会うこともなくなっていったし、何度か親に連れられて行った教会で偶然見かけても話すこともなくなっていた。今思うと、蓮見総合病院が小鳥遊自由学園と連携していることも、母が彼に良い印象を持っていた理由かもしれない。

しかし、久しぶりに再会した彼は、ピアノ教室に通っていた当時と同一人物にはとても思えなかった。

彼は、見る限りいつも独りで行動していて、クラスメイトとも一定の距離を置いている。私は、変わってしまった彼に今更何と声をかければいいのか分からなかったし、彼のほうも同様に、父親を亡くした今の私とどう関わっていけばいいのかなんて分からないのだろう。直接関わることはなくても、彼と私の間には気まずい空気が流れている。

父が亡くなったあの日、彼はその手と手を合わせていた。母が泣き喚き、私が茫然と立ち尽くしていた父の病室の片隅で、何かに祈るように。

私は「耀くんは元気にしてる？」という母の質問に対し、何も答えられずに立ち竦んだままだった。母と何かコミュニケーションを取らなければと思っているのに、最近はいつも言葉が詰まってしまう。気づいたらもう男の子のニュースは終わり、食器用洗剤のＣＭが流れていた。

美術部に蓮見くんが出入りしてることを知らなければ、私は合唱部の見学をすることもなく、すんなり美術部に入っていたかもしれない。私は、彼の姿を見ると、父が死んだ日の病室の光景を自然と思い出してしまうようになっていた。だから、蓮見くんのこともできれば考えたくはなかった。合唱部の見学は、母の希望であると同時に、蓮見くんからの逃げでもあった。

母と話すのを諦めて、皿によそったレトルトカレーを口に運んでいると、家の固定電話が鳴った。母はソファに横になってテレビを観ていて出る気配はない。私が受話器を取ると『もしもし』と聞き慣れた男性の声が聞こえてきた。

『小鳥遊です。こんにちは。透花さんですね。紫音が入部届を渡したみたいだね。合唱部に入るのですか？』

突然の電話でびっくりしたけど、電話越しの学長も学園で話していたとおり静かで落ち着いた印象だ。

「はい。入ろうと思っています」

自分から自然と出た言葉に戸惑ったが、学長の声を聞いたらそう言わざるをえなかったのだ。

『そうですか。それはとても嬉しいことだ。紫音にもよく言っておくからね』

「はい……」

『ところで、お母さんに代われますか？』

どうやら学長がわざわざ電話をかけてきた理由は母のようだ。

「はい」と小さく答え、ソファで横になる母を確認する。

母の耳元で「電話、学長から」と囁《ささや》くと、母は一瞬ビクリとしてから、テレビを消して電話のあるキッチンのほうへ向かった。

「はい……。はいはい、いいえ、とんでもないです！」

学長とよそ行きの声で話す母は、普段とは違い潑剌《はつらつ》としている。

その様子に少し安心しながら、テーブルに置かれたままの入部届を眺める。合唱部に入ると学長に直接言ってしまったからには、明日にはこの紙切れを出さないといけない。担任の佐野先生はこれを提出したらどんな顔をするだろうと少し考えた。葉月にも驚かれるだろう。

十五分ほど経っただろうか。電話を切ってこちらに戻ってきた母は意気揚々としていた。

「透花！　ママね、来週から合唱部の臨時顧問になることになったわ。合唱祭も近いし、手伝ってもらえると嬉しいって。前から話は聞いてたけど、学長さんがこんなに真剣に考えてくれてると思わなかったわ」

「……そう。でもママ、平気なの？」

その件は以前、学長から少し聞いていたけど、おかしくなってしまった母が働く姿なんて想像できない。

「まあ、無理はしないつもりよ。でも学長さんに学園の合唱部には必要な人材だなんて言われちゃったし、少しは頑張らないとね」

「うん……」

「透花も同じ合唱部だし、これからよろしくね。少し変な感じだけど、ピアノ教室でも透花は生徒だったし、そういうのは慣れてるわよね」

母にとって喜ばしいことなのに、私は素直に喜べなかった。母がさらに遠くへ行ってしまうような気がする。まだ皿に残っている冷たくなったレトルトカレーは、もう口に運ぶ気にはなれない。

「でも私、合唱部に入るかまだ迷ってるから」

浮かれる母に釘を刺すつもりだった。

しかし、母はそんなことどうでもいいみたいに笑顔のままだ。

「ダメよ。合唱部にしなさい。透花は合唱にきっと向いてるって。背筋がまっすぐで姿勢が良いから、コツを摑めばすぐに良い発声ができるようになるって学長さんが言ってたわ」

その様子を見ていると、つい皮肉が浮かんでくる。

「ママは、結局誰かに求められてないと生きていけないんだね」

神様とか、学長さんとか、口を開けばそんなことばかりの母がカッコ悪く思えた。

「何言ってるの、誰かに求められることだって生きる上で必要なことなのよ」

「私は、ママみたいな大人になんてなりたくない。ちゃんと自分の足で立って、自分で考えて生きる」

逃げるように自分の部屋に戻ったあと、私は手を重ね合わせて祈っていた。何に祈っているのかは分からない。自分がいったい、何から逃げたくて、何を求め、何に抵抗しているのかも分からない。それでも目を瞑って手を合わせている間、私は少しだけ落ち着くことができるような気がした。

第三章

8

「今日は皆さんに、私のことを少し話そうと思います。思えば、皆さんに私のことをあまり話したことはありませんでしたね。話したところで、皆さんはあまり興味がないことかもしれませんが」

今年は創立百周年のため、各クラスで、キリスト教に関する授業を自由に行うことになっていた。全教員がクリスチャンである、小鳥遊自由学園ならではの試みだろう。

クラスはざわついたままだった。佐野先生はいつものように私たちに構うことなく、ただ後ろの壁の一点を見つめながら話を続けていく。

「私は皆さんと同じ、ここ小鳥遊自由学園中等部に通う生徒でした。そのことは皆さんもよく知っていますね。両親の影響もあり、私自身もその頃からクリスチャンでした。両親はいつも私のことを第一に考えてくれましたし、学園は良い先生や生徒ばかりで居心地が良く、私は恵まれていました。当時は私にとってその幸せは当たり前のことで、それが壊れることなんて微塵も考えずに生きていました。生きてしまっていたのです。しかし、その幸せは急に形を変えてしまいました。中学三年生の頃、私は母親を亡くしたからです」

　クラスが一瞬静まったが、またすぐに何もなかったようにざわつき始めた。

「もともと身体の弱い母でしたが、その死は私にとってあまりにも突然でした。多感な時期でもあり、私は世界を恨みました。周りの両親のいる同級生を恨み、学園を恨み、神を恨みました。どうして私だけこんな目に遭わないといけないのか。この世に生まれたことすら恨みながら、毎日死んだように学園に通い続けていました。皆さん、そんなに辛かったのに、どうして私が学校に通い続けたのかと思っているでしょう？　母はこの学園に入ったことをとても喜んでくれていたのです。それに父親も頑張って働いてくれていました。だから学校だけは卒業しようというのが当時の私の考えでした。けれど、それから先のことなんて何ひとつ考えていませんでしたし、生きていても意味がないような気がしていました」

　いつの間にかクラスは静かになり、生徒全員が佐野先生の話に聞き入っていた。こんなに自分のことを話す佐野先生は見たことがない。

「そんな私を見かねたのか、学長はある日私のことを呼び出しました。今から十年近く前だったでしょうか？　今より若いその頃の学長を見たら、皆さんびっくりすると思いますよ」

　佐野先生はほんの少しだけ微笑《ほほえ》んだ。

「『君は今、世の中の不幸全てを背負ったような顔をしている』

学長は私を見るなりこう言いました。

『だって私は不幸なのです。生きていても仕方のない気がするくらいです』

私はそのとき思ったことを正直に言いました。

『どうしてそう思うのかい？』

『私は、他の幸せなみんなとは違うんです。一番大切だった母親を奪われた気持ちが分かりますか？　どうして私だけこんな思いをしなくてはいけないんですか？』

学長はほとんど自暴自棄になっていた私に優しく語りかけてくれました。

『いいかい。世の中の形ある物はいつか失《な》くなる。君だって、私だってそうだよ』

『そんなこと知っています』

私のことをわざわざ呼び出して、当たり前のことを言う学長に苛立《いらだ》ちを隠せませんでした。

『いいや、君は分かってない』

そんな私に学長はまっすぐ目を見て言いました。

『君は今、目の前から形ある物が消えて、そのことを嘆いている。しかし、それは見せかけに過ぎないんだよ。大切なものはちゃんと君の傍にある、君が生まれてからずっと君の傍にあるんだ』

どうして学長はこんな綺麗事を言うのか、私はますます腹が立ちました。

『いいえ、大切なものはもう私の傍から失くなってしまいました。母はこの世からいなくなり、もう帰ってきません』

『神は私たち一人ひとりを愛しています。その愛はいつもあなたの傍にあります。あなたが生まれてきてからずっと、変わらずに傍にあるのです』

私は学長の言っている意味がよく分かりませんでした。

『では、神が私を愛しているとして、どうして私から大切なものを奪うのですか？　どうしてこんなに辛い思いをさせるのですか？』

『人は皆、苦しみを抱えながら生きていきます。それはこの世に生まれた者の宿命です。この世に生まれた者は、皆何かしら試練を与えられます。私たちはそれと戦いながら生きていかなくてはならないのです。あなたのお母さんだってそうでした。しかし、神はあなたが乗り越えられる試練しか与えることはありません。そしてそれは、あなたにとって必要なものなのです。すなわち、それは愛です。愛には様々な形があります』

『私が何をしたっていうんですか？　こんなことが愛なら、私は生きていたって仕方がないと思います』

『佐野さん、これだけは信じてください。あなたは愛されています。どれだけあなたが他人に見捨てられ、嘆いても、神はあなたのことを見捨てません。あなたがこの世に生を受けてから、あなたのことを絶えず照らし続けているのです。今は分からなくても必ず分かる日がやってきます』

気がつくと、今まで堰《せ》き止められていた感情が解き放たれたように、涙が溢れ出ていました。そのときはその涙の意味が自分でもよく分かりませんでした。だけど、学長の言葉はそれ以来ずっと頭に残り続け、私が神について真剣に考えるきっかけになりました。そして気がついたのです。今まで私は、神という存在を、願い事を叶えてくれる何かと勘違いしていたのです。神は私たちに無条件に愛を与えてくれているにもかかわらず。私はその愛に気づかず、ただ見える物だけを信じ、不幸だと嘆くばかりだった自分を恥じました。神の愛に気がついてから、私は生まれ変わったように生きることができました。これが本当の意味での神、すなわちキリスト教と私の出合いです」

佐野先生はここまで一気に話すと、一度自分に言い聞かせるように頷き、息を吸い、再び小さな声で話し始めた。

「いいですか、皆さん。キリスト教の本質は愛です。神は私たち一人ひとりのことを平等に、そして無条件に愛しています。皆さんが今、例えば家族、友人に対して感じている愛の大元《おおもと》には、普遍的な神からの大いなる愛があります。そもそも神の愛によって私たちは創られたのですから、神からの愛を潜在的に知っているから、私たちは誰かを愛することができるのです。愛を感じることができるのです」

佐野先生も私と同じ時期に片方の親を亡くしていることには驚いたが、先生の言っていることとは上手く理解できなかった。

「先生、では私たちが人間同士で愛し合うことってなんの意味があるんですか？　私がすでに愛されているとして、人間同士の愛にそれ以上の価値はあるのですか？」

一番前の真ん中に座る女子生徒が言った。

それに対し、佐野先生は事前に答えを用意していたかのようにすぐに口を開く。

「はい。私たち人間同士が愛し合うことに意味はあります。それは、本当の愛を深く知るためです。それは私たちが実際に経験しないと分からないものです」

「じゃあ、先生は本当の愛を知ってるんですかー？」

男子生徒がふざけて質問すると、教室内にクスクスと笑い声が伝染していく。私は最近風の噂で知ったが、佐野先生と江藤先生が交際していることは、すでにクラスのほとんどが知っていることだった。以前にも授業中、佐野先生が教科書に載っているエトウという名前の工芸家を紹介したときも、誰かが冷やかし、同じような空気が漂った。

「結婚しちゃえよ！　もう」

誰かが野次を飛ばす。

「はい、結婚します」

佐野先生はいつもなら生徒に何を言われても、無視して授業を続けるのに、予想外の言葉が返ってきてクラス全体が静まり返った。

「そんなに驚かないでください。皆さんには遅かれ早かれ私から話すつもりでした。皆さんもご存じのとおり、私は江藤先生と交際しています。私たちは神のご加護の下で出会いました。そしてこれからも一生を共にしようと考えています」

ふと気になって、教室の前の扉の近くに座る葉月のほうに目をやったが、彼女は何食わぬ顔をして、先生の結婚報告を聞いている。

籍を入れる具体的な日程はまだはっきりしていませんが、年内中にはと考えています。それに伴い、私は今年度いっぱいでこの学園を去ろうと思っています。その後また教師として働くかどうかは未定です。皆さんと過ごした期間は短かったですが、あと半年の間よろしくお願いします」

「マジかよ」

「うっそー」

「妊娠？」

再び教室が賑やかになったが、「はい！」という紫音の声で教室中が静まった。このクラスでは学長の娘である彼女のほうが教師よりも影響力を持っているのだ。紫音が自分の席から立ち上がり、一気にクラスが注目する。

「佐野先生、おめでとうございます。ちなみに一つ訊きたいのですが、学級委員の渡辺葉月と江藤先生が交際していることも、彼らにとって本当の愛を知るためには必要なことなのでしょうか？」

「なんでそんな嘘……」

「さすがに可哀想」

紫音の発言に教室が揺れる。

佐野先生は表情を変えずに黙っていたが、少しして口を開いた。

「小鳥遊さん、どうしてそんな酷い嘘を言うのかしら。渡辺さんに謝りなさい」

「先生、まさか何も知らないんですか？」

佐野先生は平静を保っていたが、紫音のその強気な姿勢に内心戸惑っているようにも見える。

先生の真っ白な耳はみるみる赤くなり、頭に血が昇っていくのが分かった。

「渡辺さん、そんなことないわよね？」

先生の問いかけに、葉月は俯いたまま何も答えない。

「ほら、やっぱり。彼女の中に思い当たる節があるんじゃないですか？」

強気に問いかける紫音の顔には、ほんのり笑みすら浮かんでいるようにも見える。

「えー何なに？」

「ヤバいね」

「マジ？　ウケる」

「神のご加護の下？　じゃなかったのかよ」

紫音の発言が合図になったかのように、教室中が葉月の噂でもちきりになる。

一方、当の葉月はただ黙って下を向き続けていた。

「なんなのよ！　いい加減にしなさい！」

すると佐野先生が突如金切り声を出し、怒りで震えながら両掌で教卓を思い切り叩いた。さっきまでの穏やかな雰囲気は一切消えている。

授業終了まではまだ十分ほど時間が余っていたが、先生は授業を終わらせて、教室を出ていってしまった。

翌日から葉月は学校に来なくなった。

二日経った頃、葉月の寮の部屋を一度訪ねてみたが、彼女は実家に帰ってしまったと説明された。

昼休みを一緒に食べる友達が急にいなくなってしまったが、学校生活は澱みなく進んでいく。学級委員である葉月の仕事は紫音がほとんどこなしていたし、佐野先生も何事もなかったように出勤していた。

9

それから一週間ほど経った頃、佐野先生の代わりに学長が朝のホームルームに現れた。

「皆さん、おはようございます。いきなり私が来て驚きましたか？　本日は皆さんに報告があります。佐野先生についてです。当分の間、体調不良でお休みすることになりました」

「どういうことですか？　先生は大丈夫なんですか？」

一番前の真ん中の女子生徒が質問した。佐野先生に愛し合うことの意味について訊いていた金子《かねこ》凛《りん》という女子生徒だった。彼女は肩まで伸ばした髪の毛をいつも耳の辺りで二つに括《くく》っていて、丸っこい体型をしている。佐野先生はあの日のあともちゃんと出勤していたし、何も変わりないように見えたから、あまりにも突然のことだった。

「佐野先生は今、病院で療養しています。じきに回復します。それまで待っていてください」

「病院？　そんなに悪いんですか？　佐野先生は結婚するんじゃないんですか？」

金子の問いかけに学長は目を丸くした。

「結婚？　結婚するんですか？　それは聞いてなかったですね。また元気になったら佐野先生にゆっくりお話を聞きましょう。大丈夫です。心配いりません」

佐野先生の身に何が起きたのかは分からないが、学長のゆったりした口調を聞いていると、本当に大丈夫な気がしてくるから不思議だ。

「そしてもう一つ、渡辺さんについてです」

学長が再び口を開き、生徒たちの注目が集まる。

「ここ最近、出席していなかったようで、心配している人も多いと思います。突然のことですが、渡辺さんは転校することになりました」

あまりに突然なことにクラスが静まり返る。みんな、無意識に紫音のほうを見ていた。

「そうですよね。驚きますよね。彼女はこのクラスでは学級委員、クラス合唱の伴奏者、そしてクラス外でもバスケ部の部長として大変活躍してくれていました。皆さんの悲しい気持ちはよく分かります。訊きたいこともたくさんあるでしょう。しかし、これは彼女自身が決断したことです。あまり詮索《せんさく》し過ぎるのも良くないことです」

学長の言葉にクラスのざわつきは徐々に止んでいく。

「今後のことですが、美術の指導は佐野先生の代わりに、当分は高等部の先生に当たってもらうことになります。そして、クラス合唱の伴奏者ですが、皆さんで話し合って新しく決めてください。合唱祭まで二ヶ月半ほどとなったこの時期に大変心苦しいですが、こちらでもできることはしますのでいつでも相談してください。仲間を失うのは悲しいですが、一人ひとり手を取り合い、少しずつ綻《ほころ》びを補っていきましょう。今年は創立百周年の記念すべき合唱祭です。一致団結して、渡辺さんの分も、より特別なものにしていきましょう」

学長が教室から出ると、教室内が再びざわつき始めた。みんなの話題は佐野先生のこと、葉月がいなくなった原因、そして最終的には佐野先生の容体でも葉月の転校でもなく、合唱祭に落ち着いた。どの生徒も自分の進学に関わるクラス合唱のことが一番気になるようだ。確かに、一年近くをかけて頑張ってきたことだし、合唱祭が迫ってきている今、このような変更がきついのも分かる。

しかし、私はそんなことよりも葉月のことが気になった。短い間だったけど、こんな自分に学園のことを色々と教えてくれた。お昼を一緒に食べてくれた。彼女がいなかったら、私の学園生活はかなりきつかったはずだ。

思えば、毎日学校で会って話していたけど、葉月の何もかもを知っているわけではない。彼女にも事情というものがあるのだろう。ましてや、新参者の私が首を突っ込むこと自体、もしかしたら間違っているのかもしれない。

そこにホームルーム終了の鐘の音が鳴り響いた。チャペルから響いている神聖な音だ。この美しい音色はこの学園にいる限りこれからも何度も聞くことになるのだろう。窓から見えるイチョウの木は気がつくと綺麗な黄色に染まっていた。聞こえるもの、目に見えるものは美しいものばかりなのに、何かがおかしかった。

一限目は移動教室で、理科の実験室に行かなくてはいけない。

次の授業の準備をしていると、まだ鞄に入ったままの入部届のことを思い出した。佐野先生に渡そうと思っていたのに、色々あってすっかり忘れてしまっていたのだ。紫音に言われていた期限も過ぎている。

そこで計ったように「原田さん」と名前を呼ばれる。声の主は紫音だった。

「原田さん、今週中にクラス合唱の伴奏者について話し合うつもりだから、よろしく。ホームルームだと時間が足りないかもしれないから、放課後を使うことになると思うわ。その場合、部活を休むことになるかもね。合唱部のほうには私から話しておくから心配しないで。父からあなたが入部することは聞いてる。もう合唱部の名簿にもあなたの名前が書いてある。ちなみに、ここ最近ずっと顔を出してないみたいだけど、一応、合唱部の出席点も内申に加算されるのよ」

まだ正式に入部届も出していないのにと混乱していると、紫音は佐野先生に向けたのと同じような笑みを浮かべて言った。

「あなたのお母様も頑張ってくれていることだし」

葉月が学校に来なくなってから、移動教室へはいつも独りで行っている。紫音もいつも独りだ。しかし、彼女はもちろん私と一緒に行動する気はないようで、話が終わると歩いていってしまった。


午前の授業が終わりお昼休みになった。葉月がいないと昼ご飯を一緒に食べる友達はいない。他の生徒が戯《たわむ》れている教室になんとなくいづらくなったので、私はここ最近、中庭で昼休みを過ごすようになっていた。

中庭にはこぢんまりとした池がある。真っ白な羽を生やした天使のオブジェが周りにあしらわれている。

私は池の周りに並んだ三つのベンチのうちの一つに腰をかけた。肌寒くなってきた今の時期は、ここに来る生徒も少なく、今日も私一人しかいない。私はベンチに、朝コンビニで買っておいた菓子パンとペットボトルを置くと、立ち上がって池の中を覗いた。

水面には冴えない表情をした自分の姿が映し出されている。前髪が伸び切って両目にかかってしまっていた。前髪が目に入りそうになると、いつも母に切りなさいと注意されていたのを思い出す。最近は母も私のことをよく見ていないのだろう。

紫音の言っていたとおり、母が合唱部で学長と共に指導を始めていることはもちろん知っている。

ただ、同じ学校に通っているにもかかわらず、行きも帰りも別々だ。そして、未だに弁当を作ってくれる気配はない。そんな状況だったから、あえて合唱部と距離を取っていた。母はあれだけ私に合唱部を勧めていたのに、私が部活に現れないことを特に気にかけていない。それに、母は合唱部の指導に関わるようになってから帰りも遅くなり、話す時間も前よりさらに減っている。以前にも増して、最近は母との距離を感じていた。水は深緑に澱んでいて底は見えない。この中にはいったい何が潜んでいるのだろう。

ふと水面が揺れたので顔を上げると、池の縁に猫がいた。短いグレーの毛で、痩せた小綺麗な猫だ。薄い水色の瞳はダイヤのように輝いている。行儀良く立った耳が、お利口そうな印象を与えている。この猫は中庭がお気に入りらしく、昨日も一昨日もここに遊びにきていた。

この猫は、母と学園に入学手続きをしにきたときにも見たことがあった。学長室で佐野先生を紹介されたときだ。猫は確か学長の足元で丁寧に自分の前足を舐めていた。それ以来学園ではあまり見たことがなかったが、もしかしたら、学園に住み着いている猫か、学長が飼っている猫かもしれない。

その滑らかそうな毛並みに触れようと手を伸ばすと、猫は瞬時に校舎のほうへ姿を消してしまった。

10

放課後、合唱部の練習が気になって久々に音楽室のドアの窓から覗いてみると、学長が指導する隣で母がピアノを弾いていた。

紫音の言っていたとおりだ。母がピアノを弾く姿を見るのは本当に久しぶりだった。母の奏《かな》でる旋律は相変わらず滑らかで美しく、それでいて情熱的だった。母の視線は学長の指揮にしっかりと向けられている。

私はなんとなくそこに参加する気になれず、そのまま音楽室をあとにすることにした。

その日、母が家に帰ってきたのは夜の十時を過ぎた頃だった。部活動は遅くても夜七時前には終わるのに不思議だ。私は、とっくに制服から着替えて風呂にも入り、ソファに寝転んでいるところだった。

母はそんな私を見もせずに自室に入っていく。最近はいつもこんな感じだった。

私は思い切って母の部屋に入っていった。母はぐったりとした様子で上着も脱がずにベッドに浅く腰かけている。合唱部でピアノを弾いていたときとは別人のようだ。

「ママ、大丈夫？」

私の問いかけに、母は重そうな頭を上げて怠《だる》そうに口を開いた。

「ああ、透花。大丈夫よ」

「こんな遅くまで何してたの？　部活はとっくに終わったはずでしょ？」

「透花、ママね、学長さんのおかげで、もう赤いお薬飲まなくてもよくなったのよ」

母は力なく笑顔を作る。赤い薬とは、父が亡くなってから不安定になった母が精神科で貰っていた薬のことだろう。私は何と返せばいいか分からなかった。

「ママね、学長さんに色々教えてもらってるの。今日は、ママが神様と少しでも繋がることができるように、浄化してもらったのよ。透花、人間は誰しも罪を持っている穢《けが》れた存在なの。その穢れがあると、上手く神様と繋がることができないのよ。学長さんの言葉を聞いていると、とても落ち着くし、スーッと身体が軽くなるのよ。不思議よね。前まで身体が重くて重くて仕方なかったのに。今までの自分はなんて穢らわしかったんだろうって思うわ。そのせいで透花にもたくさん迷惑かけたわね。ママもっともっと神様に近づけるように、頑張るからね」

「ねえ、ママ。どういうこと？」

私は、なぜか涙が溢れ出そうになっていた。

「透花、ごめんね。今日はもう寝るわ。浄化されても、生きている限り穢れは徐々に溜まっていくものなの。浄化されたあとはなるべく現実から意識を遠のかせるほうがいいのよ。身体が軽いまま寝ると、夢の中で神様と繋がれるかもしれないんだって。だから、もう寝るわ。部屋の電気消してくれる？」

　母はそう言うと、上着と鞄を床に放り投げ、服を着たままベッドに横になってしまった。風呂はもちろん、化粧も落とさず、歯も磨かずに寝るつもりだろうか。直後、私が電気を消す前にスヤスヤと寝入ってしまった。

　母の言っていることはよく分からなかったし、とても心配になった。明日こそは、合唱部に足を運んでみようかと考える。しかし、紫音が今週中には新しい伴奏者を決めると言っていたことを思い出した。


　次の日の朝のホームルームにも学長は顔を出してきた。

「皆さん、変わりないですか？」

　学長は佐野先生の代わりというより、ただ私たちの様子を見にきただけのように思える。

「何か報告などがある生徒はいますか？」

　学長が問いかけたが、手を挙げる生徒はいなかった。

「それでは、少し早いですが、ホームルームは終わりにしましょうか」

　学長はそう言って、いつもの穏やかな微笑みを私たちに向けてくる。

「佐野先生は無事なんですか？」

　すると、真ん中の一列目の席に座る金子が口を開いた。

「佐野先生に関しては心配いりません。じきに良くなりますし、今は何も詮索せずにそっとしておいてあげてください。そうだ、今日は一限目が美術ですね。前にも言いましたが、佐野先生の代わりに高等部からわざわざ美術の先生が駆けつけてくれます。皆さんにとって貴重な機会になると思います。あまり畏《かしこ》まりすぎる必要はありませんから、いつもどおり授業に臨《のぞ》んでいただければと思います。それでは、皆さんが今日も平穏な一日を送れますように」

学長が手を合わせると、他の生徒も目を瞑り手を合わせた。

学長が教室から出ていってしまうと、生徒たちは好き勝手に話し始めた。

「佐野先生、自宅で倒れて病院に運ばれたらしいよ」

「マジ？　婚約者盗《と》られたショック死？」

「ウケる」

「いやいや、ただの体調不良だろ。勝手に殺すなって」

どこから仕入れた情報か分からない噂が飛び交い、生徒たちは無責任にケラケラと笑う。

「おい、お前バスケ部だろ、江藤から何も聞いてないのか？」

いつもおちゃらけている男子が、隣にいる背の高い男子の肩を叩いた。

「知らないよ。江藤先生はそういうこと何も言わないんだ。てか、そんなこと言ったらぶっ叩かれるよ、俺」

江藤先生は、体育館で男子に授業している姿を何度か見たことがある。体格が良く、バスケ一筋という感じで指導も厳しい印象だった。

「ねえねえ、原田さんは何か葉月から聞いてないの？」

隣の席の女子が声をかけてきた。その瞬間、周囲の生徒たちのざわめきが消える。葉月以外のクラスメイトで話しかけられたのは紫音以外ほぼ初めてだった。

私はびっくりして反射的に首を振る。

「皆さん、静かにしてください」

そこで紫音が席を立って発言すると、誰もが彼女に注目した。

「まだ、何も知らされていないのに色々憶測を立てても意味がありません。まずは目の前のことに向き合うのが先です。これからは、学級委員だった渡辺さんの代わりに私が学級委員をやります。他にやりたい人がいれば別ですが、副委員長をやっていた私が務めるのが一番スムーズかと思います。異論はありますか？」

威圧的なその言葉に、誰も何も言わなかった。

「ないですね。では、これからは私がこのクラスの学級委員として活動します。またそれに伴い、副委員長も新しく決めたいと思っています。今日の放課後、伴奏者を決める話し合いのときに一緒に決めようと思いますので、それまで皆さん考えておいてください」

紫音は佐野先生や葉月がいたときよりもイキイキしているように見えた。春に学級委員を決めるとき、もともと紫音も、何人かの立候補者の中に入っていたらしい。でもクラス内投票で葉月が勝って以来、紫音からの視線が怖いと葉月が漏らしていたのを思い出した。学級委員のほうが進学に有利だろうから、紫音は学級委員に昇格できて心底嬉しいのだろう。

ホームルーム終了の鐘が鳴り、みんな次の授業の美術室へ移動し始めた。廊下で前を歩く二人組の女子が話しているのが聞こえてくる。

「内申のために副委員長、立候補したいけど、さすがに小鳥遊さんと二人三脚は厳しいなあ」

「だよねえ。怖いし。ぶっちゃけ、学級委員も渡辺さんのほうが絶対良かったよね。これからは小鳥遊さんの絶対王政だね」

「うんうん。てかさ、佐野の心配って誰もしてないよね」

「ね、ウケる。金子さんくらいじゃない？」

金子はさっきのホームルームでも佐野先生の容体を質問していた。クラスメイトの名前はまだ半分くらいしか覚えられていないが、彼女のことは関わりはなくても早い段階で無意識に覚えていた。彼女は授業中もたまに発言するが、それらはいつも的外れで、どこか空回っている印象がある。


一限目の美術は、今までの佐野先生の授業とは大違いだった。いつもは生徒の私語に溢れていたのに、高等部から来た教師の話をみんな大人しく聞いている。

授業が終わったあとも、高等部から来た教師に話しかける生徒が何人か列を作っていた。みんな、どうにかして高等部の教師に良い印象を与えたいのだろう。

授業終わりに、窓際に置かれている手の形の彫刻が目に入る。蓮見くんの作品だ。それは、前に見たときよりも、輪郭がはっきりとして妙にリアルに見える。人の掌を合わせたものなのだと分かってくる。

でも、これを創った本人は同じクラスながら、今日もほとんど存在感がない。美術の授業が終わるや、いつの間にか姿が消えていた。


放課後、朝のホームルームの続きの話し合いが行われた。

「皆さん部活動もありますし、手短に話を進めていきたいと思います。まず、副委員長に立候補する人はいますか？」

紫音の呼びかけに手を挙げる者は誰もいなかった。やはり、みんな紫音の近くで働くのが嫌なのだろうか。

「もしいなければ、副委員長はそこまで必要のある役職ではないので、特定の人は決めずに、必要に応じてその日の日直に手伝ってもらいたいと思います」

このあとの部活に備え、すでにサッカー部のジャージに着替えている男子生徒が「賛成、賛成！」と怠そうに拍手する。それに続き何人かが同じように手を叩いた。みんな話し合いを早く終わらせたいのだろう。

しかしそんな中、一人の手が挙がった。教卓の前に立つ紫音の目の前に座る金子だった。

「副委員長に立候補するのは金子さんだけですか？」

紫音が訊く。

「違うんです」

金子がおもむろに席から立ち上がる。ギィィィと椅子が床に擦り付けられる音が響いた。やはり彼女の言動はどこか大袈裟で寒々しい。

「私、やっぱり学級委員を決め直すべきだと思うんです」

金子の発言に、誰かが「まただよ、めんどくせ」と呟く。彼女に対する嘲笑《ちょうしょう》がクラス内に伝染していく。

「金子さん、どういうことですか？」

紫音が訊き返す。

「あの、朝は言えなかったんですけど。あの……」

金子はそこで言葉に詰まったが、少ししてから再び口を開いた。

「あの、もっ、元はと言えば小鳥遊さんが渡辺さんに対してあんな発言をしなければ、こんなことにはならなかったと思うんです。それに、もっ、元はと言えば、佐野先生がこのクラスに赴任してきて、最初に先生を無視し始めたのだって小鳥遊さんだった。だから、だから……」

金子はここまで早口で話すと席に着く。

「もっ、元はと言えば」と男子が彼女の口調を真似して、何人かが笑った。

金子の思い切った発言は確かに間違ってはいないと思う。けれど、クラス中に彼女を疎《うと》ましく思う空気が流れている。

「だ、誰もいないなら、私が学級委員に立候補する」

最後にそう発言した金子の声は震えていた。

「金子さん」

紫音が冷たく言い放ち、みんなに聞こえるように大きな溜息をついた。

「あなたは今年の春に合唱部を辞めたでしょ。そんな、一つの物事も続けられない人にクラスのまとめ役が務まるわけがない。あなたが学級委員になってクラスが良くなると思う？」

「違う。私は合唱部を辞めたんじゃない。私はあの場所から逃げ出したの」

金子は小さく、だけどしっかりと熱の籠った声色で言った。

「逃げ出した？　あなたは合唱部についていけなかっただけでしょ？」

それでも、紫音は容赦なく詰め寄り、金子は黙り込んでしまった。

「それに、言いがかりはよしてください」

何も言わなくなった彼女に、紫音が続ける。

「佐野先生を最初に無視したのは私だって、そんな証拠どこにあるんですか？　渡辺さんの件もそうです。私はあの日、本当のことを言っただけです。そもそもそんな風に言うなら、なんであなたは佐野先生や渡辺さんをそのとき守らなかったんですか？　今更そんなこと言うなんて卑怯ですよ。無視していたのはクラス全員だし、あなただって共犯者の一人なのよ」

今度はクラス全体が静まり殺伐《さつばつ》とした空気が流れる。

「金子さん、あなたは合唱部のときも、そうやって自分勝手な言動で場の空気を乱すところがありましたね。あなたは私たちの輪に入れずに、弾《はじ》き出されていただけなのに、周りを悪者扱いして、何がしたいんですか？」

「違う。合唱部なんて、あんな場所、もう戻りたくもない。誰も助けてくれなかった。あそこから連れ出してくれたのは佐野先生だけだった」

紫音はもう一度溜息をついたあと、声を押し殺して泣き出した金子に冷たい視線を送った。

「佐野先生に関しては、ただ単に管理能力に問題があって、教師に向いていなかっただけです。それに学級委員に関しては、朝のホームルームで異論はあるかって訊きましたよね。そのときに言えばいいのに、後からゴチャゴチャ話を付け足さないでください。時間も限られているんです」

気がつくと外は薄暗くなっていた。

「小鳥遊さんの言うとおりだ」

「今更佐野先生の肩持って、小鳥遊さんを悪者扱いするなんて。独りで悲劇のヒロインにでもなったつもり？」

「金子さんってそういうところあるよね」

「痛いよな」

「早く進めよーぜ」

紫音に続き、他の生徒から金子に向けて批判が飛び交う。

「違う、違うのに。私は被害者なのに、もう全部バラしてやる」

金子はさらに大袈裟に泣き出した。

「金子さん、これ以上関係のない話でみんなの時間を奪うなら、学長に報告しますよ」

その言葉を受けて泣きやんだ金子に、紫音はもう一度溜息をついた。

「念のため、金子さんの学級委員を決め直すという意見に賛成の人は拍手をしてください」

拍手をする生徒はいない。金子もそれ以上食い下がることはなかった。

「分かりました。では、話し合いを進めていきましょう。皆さんの中で伴奏に興味のある人はいませんか？」

しかしこの質問にも誰も手を挙げなかった。葉月はクラスで唯一のピアノ経験者だったようだ。

「では、ピアノを少しでも習ったことがある人、弾ける人はいませんか？」

やはり誰も手を挙げない。私は内心ドキドキしていた。学長から紫音に、私がピアノをやっていたことが伝わっているかもしれないと思ったからだ。

しかし、紫音はこちらをチラリとも見ない。代わりに窓際の席のほうに視線が向けられている。彼女の視線を辿ると、そこには蓮見くんがいた。蓮見くんはクラスの中でも一際《ひときわ》存在感が薄い。私自身もこの話し合いの最中、彼の存在を気にしなかったし、彼が同じクラスだということすら忘れてしまっていたくらいだ。換気のために薄く開かれた窓から吹き込む風に、蓮見くんの少し長めの前髪が揺らいでいる。

蓮見くんは確かにピアノ経験者だ。紫音もそのことを知っているのかもしれない。でも、もちろん彼は手を挙げない。それもそのはずだ。彼の手はもうピアノ教室に通っていた頃とは違う。彼の右手の指と指はピッタリ縮こまったようにくっつき、皮膚も赤黒く変色しているのだ。

結局伴奏者が決まらないまま、この日の話し合いはお開きになった。紫音は、このまま伴奏者が決まらなければ学長に相談して、合唱のときだけ他のクラスの生徒か教員に代理で来てもらうしかないと言う。それに対しみんなは不服そうな反応をしていた。

話し合いが終わった頃には、もう部活動の時間も過ぎていた。

校舎を出ると、天気予報どおり雨が降っている。雨がそこまで強いわけではなかったものの、折り畳み傘を持ってきて正解だった。空は深い紺色をしていて、風は冷たく、身震いするほどだ。そろそろブレザーの下に学校指定のカーディガンを着たほうがいいかもしれない。そう思いながら折り畳み傘を広げていつもの道を歩いていく。

学園から家までの帰り道、校門を出て少し歩き、坂道を登った辺りで私は立ち止まった。蓮見くんが前のほうを歩いていることに気づいたからだ。蓮見くんは傘も差さずに歩いている。直感で、蓮見くんに何か話しかけるなら今かもしれないと思った。転校してきてから、思えば一度も蓮見くんの声すら聞いていない。幸い、周りには他の生徒はいないから変に噂を立てられることもないだろう。

「あの……」

いったい何を話すべきか考える前に、私は蓮見くんの背中に声をかけていた。

蓮見くんが驚いたようにこちらを振り返る。

「あの、その……」

呼び止めたのはいいものの、言葉が上手く出てこなかった。

「逢沢さん」

蓮見くんは昔と同じ声をしていた。まだ声変わりしていないのかもしれない。

「あ、いまは〝原田〟なんだけど……」

「ああ、そうか、ごめん」

そう言って困ったように頭を掻いた彼は、クラスで見るよりも気さくな雰囲気が漂い、昔と同じように話せる気がした。敷地を出たことで、まるで学園の呪いが解けたみたいだ。

蓮見くんは申し訳なさそうな顔をしたまま、何も言わない。なんとなく、私はそのまま蓮見くんと並んで緩やかな上り坂を歩いていった。

しばらくすると雨は止んだけど、傘を閉じるタイミングがなくて私の傘は開いたままだ。でも、何か握っていたほうが安心だった。

「伴奏、やらないんだ」

不意に蓮見くんが呟いた。気になって訊いているというよりは、気を遣って話題を探している感じだ。

「うん、もうあんまり弾いてないから」

「もったいないなぁ」

あんなにピアノが上手かったのに、もったいないのは蓮見くんのほうだ。無意識に蓮見くんの弾けなくなってしまった右手に視線が行き、申し訳ない気持ちになる。

「私なんて、そんなに上手くないからさ」

「だけど、逢沢先生は弾いてほしいんじゃないかな」

懐かしい響きに、一瞬誰のことを言っているのかと思ったが、蓮見くんの中では、母はピアノ教室の逢沢先生のままで止まっているのだろう。

「あ、ママに、蓮見くんは元気かって訊かれたよ」

「そっか。まだ気にかけてくれているんだ」

蓮見くんは力なく言ったあと、「僕はこっちだから」と小走りで電柱の陰を曲がっていってしまった。

久しぶりに話した蓮見くんは、以前ピアノ教室に通ってた頃とあまり変わらないように見えた。彼は少し大きめの制服に身を包み、背丈も私とあまり変わらない。蓮見くんはなんだか大人になるのを諦めているみたいだ。

蓮見くんが言うように、クラスにピアノ経験者がいない中で、私が立候補したほうがいいことは分かっている。

だけど、立候補する気にはなれなかった。自由曲が特別難しいわけではない。前奏の流れるような旋律には強い特徴があり、演奏者のセンスが問われそうな曲だが、少し練習すれば弾けるようになるだろう。しかし、私の中で何かつっかえるものがあった。

家に帰り、自分の部屋で制服をハンガーにかけているとき、玄関からドアが開く音が聞こえてきた。母が帰ってきたのだ。今日はいつもより少し早い。

帰ってくるなり、母は私の名前を大声で呼ぶ。急いでリビングに行くと、母は私を睨みつけてきた。

「透花、どうして合唱部に来ないのよ！」

母は少し取り乱している。そういえば、カラフルな物が好きだった母が、最近は白い服ばかり着るようになっていることに気がつく。気分が変わったのだろうか。

「今まで言わないでいたけど、いつまで経っても顔も見せないじゃない。ママ、学長さんになんて言ったらいいのか。こんなにお世話になってるのに」

「知らないよ、そんなこと」

帰ってきて早々そんなことを言う母に苛立った。

「そんなこと？　学長さんがいなかったら、透花もママも生きていけなかったかもしれないのよ」

「だって、今日は放課後にクラスで色々あったから」

「今日だけじゃないでしょ。部活より優先するものがあるとは思えない。部活の出席点も内申に関係あるのよ！」

「別に高等部に進学するつもりなんてないし」

「じゃあ何？　どこか他に行きたい所があるの？　受験勉強してるの？」

「もう、先のことなんて分からないよ」

「とにかく、明日は絶対に部活に来なさいよ。学長さんにも明日は透花に顔出すように言っとくって伝えたんだからね。ママに恥かかせないでよ！」

私は自分の部屋に戻り、わざと大きな音が鳴るように扉を強く閉める。

暗い部屋で独りになって、なぜ伴奏をやる気にならないか分かった。紫音の指揮に合わせるのが嫌なわけじゃない。母の思う壺になるのが嫌だったからだ。

11

「昨日は伴奏者が決まりませんでしたが、伴奏者がいないなら、他クラスの生徒に協力をお願いすることになります。しかし、クラス合唱に他クラスの生徒を交えることは皆さん望まないと思います」

紫音が朝のホームルームで黒板の前に立って言った。

その斜め後ろで、教師が頷いている。佐野先生の容体がいつ回復するのか分からないため、臨時担任を呼ぶか検討されてはいるようだが、まだ決まっていないみたいだった。ここ最近は、他のクラスの担任が代わる代わる様子を見にきていた。彼らは総じて紫音が言ったことを鵜呑《うの》みにするばかりで、クラスの決め事に関して特に意見を言うようなことはなかった。

「しかし、このクラスには渡辺さん以外にもピアノ経験者がいます。昨日はそのことを私からあえて言うことはしませんでしたが、その人が自《みずか》らクラスに貢献してくれようとしなかったのは残念に思います。私はその人に今からでも自分から立候補してもらいたいと思っています」

紫音の目は、私をまっすぐに見つめている。その視線に気づいたのか、他の生徒たちの視線も徐々に私に集まってきているのが分かった。今まで思ったことはなかったが、相手に有無を言わさない紫音の目は、どこか学長と似ている。

紫音や周りの生徒からの圧に耐えきれず、私は結局、挙手をした。

「では、原田さんに決定でいいですか?」

紫音の問いかけに生徒たちは怠そうに拍手をした。


昼休みになり、いつものように中庭で昼食をとろうと教室から出ると、廊下で声をかけられた。「よお」とこちらに片手を上げた活発そうなその男子生徒には見覚えがある。学園パンフレットで葉月の隣に写っていた。以前、葉月に教室まで来て声をかけていた男子バスケ部の野田くんだった。真っ白な歯と大きくて凛々《りり》しい目をこちらに向けている。

私はとっさに昼ご飯の袋入りの菓子パンをブレザーのポケットに仕舞い、立ち止まった。よく見ると、彼の頰には赤いニキビがいくつかあり、肌はボコボコとして脂ぎっている。蓮見くんとは年齢すら違うように見えた。

「俺、A組の野田祐樹《ゆうき》。あのさ、渡辺のこと教えてくれない?　直接メールしても、電話しても出てくれなくて。あいつなんで急に転校したの？　今までいろんな奴に訊いてきたけど、生徒会の奴らも、バスケ部の奴らも何も知らなくて」

野田くんは成長した喉仏を震わせて言った。私より背丈も頭ひとつは抜けている。

でも、私もそれを知りたいくらいだ。何も話せることはない。

「私も、葉月から何も聞いてないの」

「そうか……」

野田くんは心底残念な顔をしていた。やっぱりこの人は葉月のことが好きなのかもしれない。

「そういえば、渡辺の代わりに伴奏やるんだろ」

今朝決まったばかりのことなのに、もうクラス外に話が広がっている。学園の情報網は侮《あなど》れない。

「B組の自由曲、すごく難しいらしいな。渡辺がよくヒーヒー言ってたから知ってる。特に、小鳥遊さんからの圧がすごかったって。俺、小鳥遊さんと同じクラスになったことないけど、なんせ学長の娘だもんな。渡辺もよく頑張ってたよ。あ、ちなみに俺は一応A組の指揮者なんだけど」

野田くんは話していてとても心地よく、安心感があった。彼がクラス指揮に選ばれる理由が分かるような気がする。

「まあ、そうだよね……確かにあの曲は難しいかも」

「でも良かった。渡辺がいなくなったら、B組は蓮見がやるしかないんじゃないかって内心ヒヤヒヤしていたんだよな。まあ無理だろうけど」

「どうして……蓮見くん？」

野田くんはどうして蓮見くんがピアノをやっていたことを知っているのだろう。

「あ、原田さんは転校生か。蓮見、去年の春先まで同じクラスで伴奏やってたから。その頃は、まだ手も大丈夫だったし」

野田くんは気まずそうな顔をしながら、「あいつの手のこともよく知らないんだけどさ」と付け加えた。

それから野田くんは、何かを見つけたように視線を廊下の先に動かした。振り返ると、少し先に廊下を歩く蓮見くんが見える。

「おい、蓮見！」

野田くんは躊躇《ちゅうちょ》することなく、蓮見くんの下に駆け寄る。私もついていった。

「蓮見、今ちょうどお前の話してたんだよ。元気かよ」

蓮見くんはこちらを振り返ることなく、その場に立ち止まった。

「原田さんにピアノ、教えてやれよ。B組は原田さんとお前しかピアノ経験者いないんだろ」

蓮見くんはやっとこちらを振り返り、野田くんを一瞥《いちべつ》したものの、何も言わずにスタスタと前に歩いていってしまう。

そんな蓮見くんの背中を見つめながら野田くんが呟いた。

「あいつ、やっぱり変わったよな。一年の頃はもっと話す奴だったんだけど。まあまあ仲良かったんだよ。俺とも、休み時間とか一緒にバスケやったりした。あいつチビのくせにまあまあ上手かったんだぜ。だけど、あいつの手がああなってからバスケもできなくなって遊ぶこともなくなったし、たまに見かけたらこうやって話しかけたりしてるんだけど……」

野田くんの表情は葉月の話をしたときと同じように曇ってしまったが、すぐにまた明るい顔を向けてきた。

「まあ、暗くなってもしょうがねえよな。あ、やべ。俺さ、前の授業音楽だったから、今ちょうど職員室に鍵返しに行くところだったんだ。今からバスケ練なのに忘れてた」

野田くんは手に持っていた音楽室の鍵を指にかけて回している。

「あ、そうだ。原田さん、このあともし予定なかったら、これ、お願いしてもいいかな？　今ならあの広い音楽室独り占めできるぜ。ピアノの練習するならちょうどいいし！　合唱部の奴らにバレたら面倒だけど、まあ、ちょっとくらいなら平気だろ！　その代わり、終わったらちゃんと職員室に返しておいてくれよ」

そう言えば、音楽室は授業のときと、放課後の合唱部の使用以外では施錠《せじょう》されていると葉月が前に言っていたことを思い出す。確か、休み時間はなるべく、合唱部も休息を取るべきだという方針だった。

「原田さんも腹括ってやるしかねえしな。俺は応援してるよ。渡辺の分もさ、頑張れよ。渡辺のこと、何か分かったら教えてくれよな。またな」

野田くんはそう言って私の肩を叩くと、走っていってしまった。

私は彼が差し出した鍵を思わず受け取っていた。音楽室に向かわずにそのまま職員室に鍵を返しにいってしまおうかと思ったけど、結局教室に紫音から渡された楽譜を取りにいき、音楽室へピアノ練習に向かうことにした。教室は居心地が悪いし、家のピアノで練習すれば母が色々とうるさそうだ。ちょうどいいかもしれない。

二階から一階に階段を下りる。音楽室は職員室や美術室と同じく、各クラスがある校舎とは別棟の離れにあるので廊下はシンとしていた。普段は、合唱部が練習している放課後か授業でしか音楽室に向かうことがなかったから、音のしない音楽室までの廊下は新鮮だった。

野田くんに渡された鍵で音楽室の扉を開け、中に入って天板の閉じられたピアノの上にとりあえず楽譜を置く。それから合唱台の一番上の段に移動し、その真ん中に立ってみた。一度立ってみたかったのだ。誰もいないだだっ広い音楽室を独り占めしている気持ちになる。普段はよく見ることもなかったが、指揮台の近くの壁にかけられている木彫りの大きな時計には、十字架に磔《はりつけ》にされたイエス・キリストが彫られていた。

私は少しの間それに見入ってしまっていたが、昼休みの時間も限られている。慌てて合唱台から降りようとしたとき、扉の窓から、こちらに向かってくる人影が視界に入った。音楽室の鍵は私が持っているから誰も使えないはずだ。

しばらくの間観察していると、その人影はこちらにはやってこずに、直前で消えてしまった。私は気になって音楽室を出る。廊下には誰もいなかったが、その代わりに音楽室の隣の小部屋の扉がほんの少しだけ開いていることに気がついた。学長が前にここから出てきたのを見たことがある。音楽準備室は音楽室の中から入ることができるから、それとは別に用意されているこの部屋が気になっていたのだ。一度、音楽の授業のあと、小部屋の扉を開けてみようと思ったことがあったが、そのときは鍵がかけられていて開かなかった。

そこで私は、思い切って扉の隙間に指をかけた。学園は全体的に古びているが、この部屋の扉はより年季が入っているように見える。扉は人が入るには屈まないといけないくらいの高さだ。私は、中腰になってその隙間からそっと中を覗いてみる。

扉の向こうには、下りの階段が三段ほどあり、その奥は半地下状態になっている。中は扉よりも広がっていて、大人の男性がギリギリ立てるくらいの高さになっていた。しかし、それでも部屋自体はかなり狭そうだ。奥のほうで誰かが小さく懐中電灯を照らしているのが分かる。

そこで、私はもう少し扉を開けてみる。扉の隙間から射し込んだ光で、部屋の中が照らされる。中は埃っぽく、どことなく湿り気があって暗い。この学園の嫌なところを詰め込んだような部屋だと思った。部屋は二畳ほどの広さで、生徒三人も入れば満杯になるだろう。少し奥のほうに同じ制服を着た生徒の姿が微かに見えた。制服から女子生徒だと分かる。彼女は袋から何かを取り出すことに夢中になっているようだったが、少しして動きを止めた。こちらに気がついたのだろう。

「金子、さん……？」

こちらを振り返った見覚えのある顔に、私は思わず呟いてしまった。

「違うの、これは私のせいじゃなくて、あの、違うの！」

金子は分かりやすく取り乱し、手に持っていた袋を床に落とした。袋の中身が散らばり、こちらに転がってくる。一つを手に取って見ると、その茶色い粒はドッグフードに似ていた。私は驚いてもう一度金子のほうを見る。彼女は怯えている様子だった。

私はもう少し中に入っていく。すると、古びた楽譜や教材、壊れた譜面台が所々に積み上げられて、物置部屋のようになっていた。埃に咽《むせ》そうになりながら、同時に異臭が漂っていることに気がつく。堪えながら足を進めると信じられない光景があった。

金子で隠れて見えていなかったが、彼女の近くにはダンボールで作られた大きめの箱があり、その中には犬の首輪をつけられた女子生徒が寝そべっていたのだ。リードの先は、金属製の棚の一角に頑丈に括りつけられている。

女子生徒は意識を失っているようにも見えた。

「だっ、大丈夫ですか？」

とっさに女子生徒の肩を持って揺すると、彼女はゆっくりと目を開けた。その女子生徒には見覚えがある。いつか、合唱部でみんなの前で犬の鳴き真似ができなかった生徒だ。よく見ると、ダンボールには『片岡日菜子』と書かれたガムテープが貼られている。まるで犬小屋だった。小屋の近くには犬用のトイレが置いてある。異臭はここからしていたのだ。

ドッグフードを踏む音がして振り返ると、金子が部屋から出ようとしていた。私は急いで彼女のスカートの裾を摑んだ。

「ちょっと待って。どうして？　何してるの、こんな所で。なんなの、これ？」

「違う。私だってこんなことしたくないよ。放して！」

金子が勢いよく私の手を振り払う。私はその場によろけてしまった。けれど、今はそれより も早く片岡を解放しなければ。私は彼女の首輪に手をかけて外そうとしたが、予想外に彼女が 抵抗した。

「やめて。このままにしておいて……」

彼女は消え入りそうな声で私に言い、犬用の皿に盛られたドッグフードに顔を近づけると、 そのまま頬張った。私は、それから何度か彼女を解放しようとしたけれど、彼女は頑《かたく》なにそれ を拒《こば》む。

その間、金子は私に引き止められて部屋を去ることをやめたのか、散らばったドッグフード を拾い集めると、犬用のトイレシートを替えて、それらを黒いビニール袋に入れて固く封をし た。

私はふと、今日のお昼に食べるはずだった菓子パンがポケットにあることを思い出し、彼女 に渡した。彼女はそれを受け取ったが口には運ばず、金子の様子を窺《うかが》っている。

金子は彼女からいったんは強引に菓子パンを奪い取りはしたが、少し考えたあと「ルール違 反だけど、見逃してあげる」と言うと、袋から菓子パンを出して彼女に咥えさせた。彼女は心 底美味しそうに口を動かす。

片岡が菓子パンを食べ終わると、金子は鍵をかけると言い、その場所から出るようにと私に指示してくる。私はどこか腑《ふ》に落ちなかったが片岡自身がその場所から出ることを望まず、ここにいると言うのだ。彼女をここから連れ出すことは諦め、私は言われたとおりにした。

それから音楽室の鍵を次の授業までに職員室に返しにいかないといけないことを思い出した。私はピアノの上に置いたままの楽譜を急いで取りにいき、手の震えを抑えながら音楽室に鍵をかけた。

同じ離れの同じ階だけど、職員室は音楽室から遠い。金子は私を監視するようにすぐ後ろをついてきた。

私は状況が呑み込めず、思わず金子に彼女が持っているその鍵も職員室に返しにいくのかと訊いてみる。すると彼女は、これは職員室に返すものではないと小さく呟いた。

12

職員室に鍵を返し終わって廊下に出ると、待ち構えていたように、金子は「こっちこっち」と言って私のブレザーの袖を摑みながら誘導してきた。金子の片手は黒いビニールのゴミ袋を持ったままだ。私の心臓はまだ大きく脈打っている。

離れからある程度歩いていくと、金子は立ち止まり、こちらを振り向いてようやく口を開いた。

「お願い。あの部屋で見たことは忘れてほしいの。原田さんみたいな転校生は関わらないほうがいいから」

しかし、私は俯いたまま何も言わなかった。忘れるなんて無理だ。あの部屋の中の湿っぽさ、悪臭はまだ身体にこびりついている。

「ねえ、原田さん、もう時間がないの。私もまだやることがあるし……」

金子は、そんな私の態度に苛立ちや焦りを感じているようだ。

私はどうすればいいか分からずに立ち竦む。

「金子さん、何してるの？」

そこで、聞き慣れた声がして私たちは顔を上げる。

紫音が、次の授業で使う体操着の袋を抱えながら階段の上からこちらを見下ろしていた。

「あの……、今さっきちょうどここで原田さんに会って、少し立ち話しちゃってて」

金子の声は上擦っていた。

「そう。遅いから何してるのかと思って捜してたんだけど。何を話してたの？」

「あ、えーっと。なんだっけ。あ、渡辺さんのこと。ほら、原田さんと渡辺さん、仲良かったでしょ。だから、ね」

金子はこちらに必死に目配せをしてくる。

「そう、葉月、元気にやってるのかなーって」

私もとっさに合わせた。

「原田さん、伴奏の練習？　まさか昼休みに音楽室を使ったの？」

紫音が私の右手に持った楽譜を見て言う。

「ちっ、違くて。これは、ね？　原田さん」

その瞬間、金子は慌ただしく紫音から楽譜を隠すようにして私の前に立ちはだかった。

そのとき、昼休み終了五分前を知らせる鐘が鳴った。

「あ、次体育だよね。私、教室に体操着置いたままだった！　急がなきゃ、遅刻しちゃう！」

金子は、またわざとらしく声を上げ、私から楽譜を無理やり奪い取って、階段を駆け上がっていく。

私は紫音と数秒目が合ったが、彼女は何も言わずに体育館のほうへ向かっていった。

私も体操着を持ってきていなかったから、急いで教室に戻らないといけないのは分かっている。けれど、私は再び音楽室のほうへ向かった。片岡のことが心配だったのもあるが、もう一度あの部屋の存在を確かめたかった。数分前に見たあの部屋の光景は全部悪い夢だったと思いたい。

しかし、音楽室の隣の小部屋は確かに存在していた。私は、再び手をかけてその扉を開けようとする。が、金子が鍵をかけたからビクともしない。そこで二、三回ノックをして扉に片耳を密着させる。それでも、中からは何も反応がない。

少しして、午後に音楽の授業があるクラスの男子生徒がこちらに歩いてくることに気づき、急いで扉から離れた場所に身を潜めて様子を窺った。

男子生徒は小部屋には目もくれずに、音楽室の扉に鍵を差し込んでいる。おそらく日直か何かで授業の準備をしにきたのだろう。

私はホッと胸を撫で下ろした。また金子のようなことをしにくる人が現れたらどうしようかと思ったのだ。

授業開始の鐘が鳴り、続々と音楽室に生徒たちが入っていく。

その様子を眺めながら、私はどうしても次の授業に行く気になれなかった。教室に体操着を取りにいかずに、中庭へと向かう。とにかく落ち着きたかった。

中庭のいつものベンチに座り、そういえば今日の昼は何も食べていないことに気がついた。けれど、食欲は完全に失せている。片岡がドッグフードや菓子パンを頬張る姿は見るに堪えないものだった。

私はベンチの背もたれに寄りかかって考えた。金子はあの部屋の中で『これは私のせいじゃなくて』と言い、紫音は『金子が遅いから捜してた』と言っていた。ということは金子の行動は紫音の指示したことなのだろうか。

音楽室から生徒たちの合唱が聞こえてきた。ほんの少し前の出来事なのに、それらは遠い過去のことのように思えてくる。するとだんだん意識が遠のいていき、私はベンチにもたれかかったまま、そっと目を瞑った。

第四章

13

「ごめんなさい！！！」

大きな声で私は目を覚ました。中庭のベンチでうっかり寝てしまっていたみたいだ。

ベンチに座り直し、周囲を見回す。辺りはここに来たときと同じくらい明るいままだ。あまり時間は経っていないらしくて安心する。

声がしたのは、おそらく中庭の入口のほうで、ここからは木々に隠れてよく見えない。私は物音を立てないようにゆっくりと、入口のほうに向かっていく。木々の隙間からなるべく小さくなって窺うと、そこには体操着を抱えた金子と紫音が向かい合って立っていた。彼女たちはこちらを見向きもしない。ベンチに寝そべっていたおかげで、私の存在に気づいていないのだろう。

「せっかくチャンスを与えたのに、こんな簡単なこともできないなんて失望したわ」

「お願いです。もう一度チャンスをください。お願いします……」

金子は消え入るような声で紫音に懇願する。

「私ね、泣く奴が一番嫌いなの。泣けばどうにかなると思ってるんでしょ。自分のことがそんなに可愛いのね。本当に可哀想な人。とにかくこんな役割も果たせなくて、約束すら守れない人に誰がついていこうと思う？」

紫音は、クラスの話し合いのときと同じように淡々と話し、いつものように溜息をついた。

金子は何も言い返せずに泣いていた。

「そもそも餌やりはあんたがやりたいって言ったのよね。なんでもやる、やらせてくださいって。それなのに……」

「紫音ちゃん、許して……」

「ちょっと、その呼び方やめてよ。気持ち悪い」

紫音が冷たく言い放つと、金子はさらに大きな声を上げて泣き出した。

「もう一度訊くけど、誰も見てないのよね。さっき一緒にいた原田さんは本当にそのときたまたま会ってただけなの？」

「そう、そうです。鍵を返しにいこうと思ったら、廊下でたまたま会ってしまって、私の持っているビニール袋が何か訊いてきたから、怪しまれないように色々話してたら遅くなっちゃって。本当にそれだけで、ごめんなさい。だから――」

「もういいわ。あなたに頼んだ私もバカだった。あなたはもう合唱部じゃないし、これからは必要以上に関わらないで。あなたはこれまでどおり自由よ。腹いせにバラすならバラせばいいわ。でもまあ、あなたが何を言ったとしても、あなたのことなんて誰も信じない。あのときと同じ。みんなあなたのことを面倒だと思ってるんだから。分かる？　まあ、仮にそうしたところで高等部には行けないと思ったほうがいいけどね」

「紫音ちゃん、待って。お願い……」

紫音は金子を無視して、足早に中庭をあとにした。

金子がこちらに来ることに気がついて、私は急いでベンチのほうに戻る。金子は酷く落ち込んでいるようで、顔を少しも上げずに近くのベンチに座ったが、すぐに私の存在に気づいて驚いた表情をした。私は金子に責められるのではないかと思って、反射的に身構える。

「もしかして、聞いてた？」

私が正直に頷くと、金子は大袈裟に溜息をついた。やはり、金子の所作《しょさ》はところどころに人を苛つかせるものがある。

「そういえば原田さん、体育は来なかったよね。ずっとここにいたの？」

「そう。この場所、落ち着くから好きで、ちょっとサボっちゃった……」

「あの、変なことに巻き込んでしまってごめんなさい」

意外にも、彼女は私に対して怒っているわけではなさそうだった。

「あの子は？　大丈夫なの？　今からでも助けにいったほうがいいよね？」

閉じ込められたままの片岡日菜子のことが気になって、改めて金子に言ってみる。

それでも、金子の反応は同じだった。

「大丈夫。あの子は自分で納得してあの部屋にいるんだから。それに、もう期間は終わりだから明日には出られる。ちょうど、明日が三日目だから。そもそも鍵がないとあの部屋には入れない」

「どういうこと？」

ベンチから立ち上がって行こうとする金子を、私は急いで引き留めた。

「知らない？　キリストが死んで三日目に生き返った話。だから、三日間。あの子は新しく生まれ変わるの」

「あの部屋で？」

「そう。私、元合唱部だからよく知ってるの」

そこで、放課後を知らせるチャイムが鳴った。今日の授業は確か、体育で終わりだった。紫音はきっとその足で合唱部に向かったのだろう。

「そういえば、原田さんは合唱部に入るって噂で聞いたけど？」

「うん、でももう行かないから、気にしないで」

「そう。辞めるの？」

金子は目を丸くして興味津々な様子だ。

「その予定……」

私がそう言うと、金子の顔はパッと明るくなった。

「そう。じゃあ、私と同じ部外者だね。でも合唱部なのに、〝懺悔部屋《ざんげ》〟のこと知らなかったんだ」

「懺悔部屋？」

「あの部屋の名前。合唱部にあるしきたりっていうか、暗黙の了解っていうか、そんな感じのものなのかな。私も一年の最初の頃は知らなかった。今はどうなんだろ。分からないけど、大抵の人は知ってるんじゃないかな。練習中とかに和を乱すことをしたり、実力が足りなかったりしたら、ホワイトボードに名前が書かれるの。そこに書かれた人は、一ヶ月以内に懺悔部屋に入るか入らないかを自分で選べる。けれど、そこで何が行われるかは事前に分からない。決めるのは合唱部の部長と副部長の小鳥遊さん。そして、選ばれた生徒がそれを拒否することはほぼない。それを拒否すれば、合唱部での扱いは酷くなるし、後々退部せざるをえない状況に追い込まれるから」

「そんなことして問題にならないの？」

「今のところはなってない。懺悔部屋って言っても、昔は、えっと、私は一年の初めから二年の春まで合唱部にいたんだけど、これは先輩に聞いた話。何年か前は懺悔部屋って部員たちがふざけて呼んでいただけで、基本的には閉まってたんだって。たまに、その中で個人で練習したり、サボったりする場所だったらしい。鍵は、音楽室の物と一緒に括りつけられていて、職員室で管理されてたみたい。だけどいつしか、あの部屋の鍵だけは合唱部の幹部が管理するようになったの。今は、副部長の小鳥遊さんが管理してる。だから、あの部屋は主に小鳥遊さんと小鳥遊さんが許可した数名だけしか入れない。中で行われていることは口外禁止。ルールを破ればみんな退部。でも、部活を途中で辞めることは内申点に良くないから、そんな生徒は誰もいない」

「じゃあ、さっき金子さんは小鳥遊さんに許可されて入ったってこと？」

「そう」

「じゃあ、今日のこともしかして小鳥遊さんにやらされてたの……？」

金子は少しの沈黙のあと意を決したように頷くと、「今から話すこと、誰にも言わない？」と訊いてきた。「言わないよ」と言うと、金子は誰かに話したくて仕方がなかったのか、堰を切ったように話し出した。

「実はね、昨日のホームルームで学級委員を決め直したほうがいいって言ったこと、あとですぐに小鳥遊さんに謝りにいったの。で、そのときにダメ元で、やっぱり私を副委員長にしてほしいって頼んでみたの。私にとって、渡辺さんがいなくなってクラス委員の座が空《あ》いたのはチャンスだったから。部活を途中で辞めてしまったから、私にはそれしかないって思って。私、勉強もあまりできないし、受験しても高《たか》が知れてるし……。そしたら小鳥遊さんが、懺悔部屋の手伝いをするなら考えてあげてもいいって言ったの。それから、小鳥遊さんに代わってあの子の餌やりは私がやることになったの」

「そうだったの」

私は、彼女の話にどんな顔をすればいいのか分からなかった。

「小鳥遊さんは私に、小鳥遊さんに代わって完璧に片岡日菜子の飼い主としての仕事をこなすことを求めてきた。一日三度の餌を与えて、トイレの掃除をする、そして飼い主としてしっかり躾《しつけ》をすること。懺悔部屋への出入りを誰にも見られてはいけないこと。あと毎日鍵はちゃんと時間どおりに返すこと。だけど、今日、時間どおりに返せなかった」

「それで小鳥遊さんはあんなに怒ってたんだ」

「そう。それに小鳥遊さんは私があなたに何か情報を漏らしたんじゃないかって疑っていたの。それに関してはずっと違うって否定しておいたけど」

金子は、話している間にだんだんと落ち着きを取り戻していった。

そこで、私は気になったことを訊いてみる。

「どうして、金子さんは合唱部を辞めたの？」

「私、小学部の頃は小鳥遊さんと仲が良かったの。『紫音ちゃん』『凜ちゃん』って呼び合ってたくらい。中等部に進学して部活選びをするときも、紫音ちゃんが入るなら入るって言って特に何も考えずに合唱部に入ったの。だけど、それからだんだん小鳥遊さんは変わっていった。私も、いろんなことが上手くいかなくなった。例えば、小学部の頃は思ったことは何を言っても、元気で素直な子だねって褒められていたのに、中等部に上がってからは勉強もできないくせに発言ばかりして目立とうとしてる、内申点狙ってるんでしょって。そのうち、小鳥遊さんは学長の娘だし、勉強もできるからみんなの上に立つようになって……。最初は今までどおり仲良くしてくれてたけど、だんだん話してもくれなくなった。でも仕方ないなって思ってた。

それより自分と仲良かった子がこんなに活躍してて、少し誇らしいくらいだった。私も彼女に負けないように頑張ろうと思って、私なりに頑張ってた。だけど……」

金子はそこで声を詰まらせた。遠くの音楽室から微かにピアノの音が耳に入ってくる。その音色でなんとなく母が弾いているのだろうと分かった。

「私が懺悔部屋に入ったのは二年の初めだった。合唱部で関係ないときに発言したり、私語が多いとかそういうのが理由だった。学年が一つ上がったばかりで、気が緩んでいたのかもしれない。みんなの前で学長に注意されたことがあって、それで私は懺悔部屋に入ることになったの。部屋に入ってすぐに、私は部長に鞭《むち》のようなもので身体を叩かれた。痣《あざ》になるほどの痛さではなかったけれど、私はびっくりして叫んだ。一緒にいた小鳥遊さんの目を見て、こんなの聞いてない、助けてって言った。でも彼女は、まだうるさいですねって部長に囁いたの。それから、どこからかガムテープを持ってきた。私は二人がかりで身体を押さえつけられて、口をガムテープで留められた。必死に抵抗したら、暗くてよく見えなかったけど誰かの足が下腹に直撃して、私は痛くてうずくまった。その後、また鞭で叩かれて、私が抵抗しなくなったら二人は出ていってしまった。すぐに逃げ出そうと思ったけど、扉は中から開けられない造りになってた。真っ暗な部屋に独りぼっちで、怖くて怖くて仕方なかった。次の日の朝、部員が様子を見にきたとき、隙を狙って懺悔部屋から飛び出したの」

そこまで言うと、金子は私のほうを心配そうに見つめ、「私、話し過ぎかな、うざくない？」と訊いてきた。私は金子の話に聞き入っていたし、「全然うざくないよ」と答えると、金子は少しホッとした表情をして続けた。

「その日、私はすぐに懺悔部屋で昨日やられたことをクラスのみんなに話したの。みんな私のことを信じて心配してくれた。だけど、すぐに小鳥遊さんが私の言っていることは全部嘘だと言ったの。どこに証拠があるの？って。それからみんな、とたんに掌を返したように、私のことを悪者扱いするようになった。それでも、唯一私の話を聞いてくれたのは、新任の佐野先生だった。佐野先生は私の話を一生懸命聞いてくれて、すぐに学長に話してあげると言ってくれた。

　次の日、学長室に呼ばれて行ったら、そこには涙を流している小鳥遊さんと佐野先生がいた。

『どうして、私たち友達なのに。佐野先生まで使ってこんな嘘言うなんて酷いよ』

　小鳥遊さんは、涙目で私にこう訴えたの。私は信じられなくて何も言葉が出なかった。固まっていたら、今度は学長が小鳥遊さんの肩を持ちながら言ったの。

『紫音が泣くことなんて滅多にないんだ。金子さん、佐野先生の言ったことは本当なのかい？』

『ねえ、凜ちゃん、どうしてなの？　中学になってあまり話すこともなくなったけど、私はずっと友達だって思ってたのに……。だけど、私があなたにこんな嘘つかせなくてはいけないようなこと無意識にしてしまっていたなら、謝る。ごめんなさい』

　小鳥遊さんは涙ぐみながらそう言って、私に向かって頭を下げた。

　それを見た学長は、こっちを悪者みたいな目で見てきたの。

『金子さん、人間には感情というものがある。だから、その時々でありもしないことを言ってしまうことも場合によってはあるかもしれない。それは仕方のないことだ。でも、その過ちは認めなければならない。難しいことだけど、もう一度自分の胸に手を当てて考えてみなさい』

『学長、いったん金子さんの話もちゃんと聞いてあげてください』

佐野先生はそう言って、私のことを見つめた。

だけど、私は何も言わなかった。言えなかった。今、学長と小鳥遊さんの前で何を話しても無駄だと思ったから。

そしたら学長がやれやれみたいな顔をして言ったの。

『佐野先生、もういいよ。紫音も頭を上げなさい。この話はそもそも私たち教師が介入《かいにゅう》するものではないのかもしれない。当事者の二人で解決させよう。二人とも、よく話し合うんだよ。分かったかい？』って。

それから少しして、私は正式に合唱部を辞めさせられたし、クラスではしばらく嘘つき呼ばわりされた。

次の美術の授業のとき、佐野先生が小鳥遊さんを指名したら、小鳥遊さんは先生の声に反応しなかった。先生が何度彼女の名前を呼んでも無視し続けてた。きっと佐野先生が学長に話したのが気に入らなかったんだと思う。それから、クラスの他の子たちも面白がって、佐野先生を同じように無視するようになっていったの。バカみたいだよね。もう私、進学とか内申とかどうでもよく思えてきちゃった」

金子は、さっきまで紫音を怖がっていたときとは別人のように私に話し続けた。

辺りは薄暗くなっていた。ずいぶん長いこと話し込んでいたらしい。私たちは、部活終わりの紫音と鉢合わせにならないように早めに学園をあとにした。


金子は帰り道、「誰かと帰るのは久しぶりだな」と嬉しそうにしている。私も同じだったけれど、金子のように微笑む余裕はなかった。宙に浮いたような感覚で、アスファルトの上を歩いていた。

分かれ道で、金子は「でも良かった」と切り出してくる。私は何が良かったのかと訊き返した。

「だって、私がやってたことって、小鳥遊さんたちにやられてたこととまんま同じだったって気づいたから。私、自分でも気がつかないくらいおかしくなってた。もし今日、あの部屋で原田さんと鉢合わせしてなかったら、たぶんそんなことにも気がつかなかったと思う。怖いね」

金子と別れたあとも、私は今日あったことを整理するように遠回りをしながら帰った。

でもそれらは、いくら考えても悪夢のようにフワフワと現実味がない。金子が話していたことが本当なら、紫音を含め、合唱部の幹部のやっていることは許されることではないはずだ。

14

家の近くまで来ると、窓から明かりが漏れていて、母親が帰っているのだと分かった。遠回りをして帰ったから、いつもより時間がかかってしまったが、それでも母にしては珍しく帰りが早い。

急いで玄関に入ると、懐かしい母の手料理の匂いが漂ってくる。そこに、エプロン姿の母が現れた。

「遅かったわね、お帰りなさい」

母がエプロンをしているなんて、父が亡くなってから一度もなかった。私は拍子抜けして「どうしたの?」と訊く。

「何よ、どうしたのって。早く着替えてきちゃいなさい。今日は透花の好きな物作ったんだから」

そう聞いてすぐに気づく。キッチンから漂ってくるのはホワイトシチューの香りだ。昔から母の作るシチューが大好物だった。誕生日、クリスマス、ピアノの発表会の日、『何が食べたい?』と訊かれたら、決まって母にシチューをねだった。

けれど、ここ最近、母はキッチンにまともに立ってすらいない。どういう風の吹き回しだろうと思いながらも、昔の母が戻ってきたようで嬉しかった。

さっきまで忘れていた空腹感が急に襲ってきて、私は言われたとおり急いで制服から部屋着に着替えてリビングに向かう。テーブルの上にはすでに、サラダやパンが並べられていて、母は鍋のシチューを温め直しているところだった。

母が大きなスープ皿に二人分のシチューをよそう。準備が整うと、私も母の向かいの席に着いた。思えば、母と二人で食卓を囲むのもずいぶん久しぶりだった。

「さっ、食べましょう。いただきます」

母が言い、私も「いただきます」と小さな声で呟いて、早速シチューを口に運んだ。鶏肉やブロッコリー、ニンジン、ジャガイモ、具だくさんでクリーミーなシチューは母が昔作ってくれた物と変わらない。私は不意に涙が出そうになったけど、悟られないように、近くにあったコップを慌てて手に取り口をつけた。

「透花」

そこで、母がちぎったパンをシチューに浸しながら呟く。

「何？」

「聞いたわよ。伴奏することになったのね。おめでとう。ママ、嬉しいわ」

ああ、そういうことか、と思った。母は私が伴奏者になったことのお祝いとして料理を作ったんだ。

「まあね……」

「合唱祭で透花がピアノを弾いてるところなんて見たら、ママ泣いちゃうかもしれないわ。しかも、こんな記念すべき年に。本当におめでとう。パパもきっと喜んでるわ」

母はそう言いながら、本当に涙ぐんでいた。

「少し難しい曲だけど、今から練習すれば、透花だったら絶対に大丈夫よ。ママもたくさんサポートするわ。今日、紫音ちゃんが言ってたわよ。B組は透花さんに助けられましたって。それにしても指揮が紫音ちゃんなら心強いわね」

浮かれている母を目の前に、私は複雑だった。葉月や佐野先生の犠牲の上で、私が仕方なく伴奏者に選出されたことを母は知っているのだろうか。

「ママね、透花が学園に編入したことも、伴奏者になったことも、なんだか運命みたいにもともと決まっていたんじゃないかって思うの。だから、透花はやっぱり高等部にも行くべきよね。あ、そうだ、紫音ちゃんに勉強教えてもらったら？」

もっと食べなさいと、母が笑顔のまま自分のシチューの皿を私のほうに近づけた。

「ママの鶏肉もあげようか？」

スプーンに載せた大きな鶏肉を差し出す母を見ながら、苛立ちが湧き上がってくるのを感じる。母の見ている現実はどこか都合の良いように歪んでいる。結局この人は、自分の理想を私に押し付けているだけじゃないか。

「私、まだ伴奏やるって決めたわけじゃないから」

伴奏者は決まったことだけど、気づいたらそう口にしていた。これで自分勝手に浮かれている母が悲しめばいいと思ったのだ。

「どうしてそんなこと言うのよ」

母は分かりやすく眉を『ハ』の字にして、悲しそうな表情をする。

「本当は、ピアノなんてやりたくないの」

「透花。ママも中学生の頃、学園の合唱祭で伴奏をしたわ。大好きなチャペルで、たくさんの人に囲まれて。とても神聖な気分になる。今でも鮮明に思い出せる貴重な経験よ」

母は私を宥《なだ》めるように言う。

そのことが、私をさらに苛立たせた。

「そんな経験、別にしたいなんて思わない」

「透花……」

「合唱部もやっぱり辞める、学園も辞める、あんな場所、もう二度と行きたくない」

「透花、何か悩み事でもあるの？　ママね、最近反省していたの。普通に考えて、ママが合唱部のお手伝いをしているのは、あなたにとっては気まずいわよね。透花の気持ちを考えられてなくてごめんなさい。透花が嫌なら、ママ、お手伝いの仕事を辞めるわ」

「そういうことじゃない」

どうして、分かってくれないの。どうして……

大粒の涙が溢れ、その一粒がシチューの皿の中に落ちた。そんな私を見て、母は困惑している。

「ねえ、透花。透花も一度、学長さんに浄化のレッスンを受けにいくのはどうかしら？　神様と繋がることって、すごく落ち着くのよ。ママも身体がすごい軽く――」

「うるさい！　そんな話聞きたくない。もう、パパじゃなくて、あんたが死ねば良かったのに！」

私はとっさにそう叫んで、テーブルの上のシチューの皿をひっくり返した。母の前でここまで悪態をつくのは初めてだったけれど、自分でも歯止めが利かない。私は母の顔を見られないまま、急いで自分の部屋に駆け込んだ。

しばらくして、扉の向こうから母の泣き声が聞こえてくる。私は両手で強く耳を塞いだ。どうして、何もかも上手くいかないんだろう。


次の日、朝起きてリビングに向かうと、テーブルの上は昨晩と同じままだった。零したシチューは一晩経ってカピカピになっている。

私は、一言謝ろうと思って母の部屋へ向かった。

『昨日は酷いことを言ってしまってごめんなさい。伴奏はやめないし、合唱部にも頑張って行くから』

そう、頭の中で復唱しながら部屋の扉を開ける。

しかし、そこに母の姿はない。

不安な気持ちを抱えたまま、私は学園に向かった。

放課後、久しぶりに合唱部に顔を出した。特に誰にも何も言われず、私は合唱台に立ち他の部員に交じって同じように声を出す。今日は学長も母も姿を見せずに、指揮台には部長が立っていた。

途中、合唱台の前方で、片岡が何事もなかったように練習に参加していることに気がついた。私は心から安心した。

部活が終わったあと、彼女に声をかけようかと思ったけど、彼女は私と目も合わせなかったし、そんなことを求めていないように見えた。そもそも、彼女は極限状態だったし、あの部屋の中は暗かったから、私のことを覚えてさえいないのかもしれない。

その日、母は夜十一時を回っても家に帰ってこなかったので、私はかなり心配になった。昨夜はあんなことを言ってしまったけど、本当に母が死んでしまったらどうしよう。

私は何度か家の外に出て、母の姿を捜した。家の固定電話から久しぶりに母のスマホに電話をかけたけれど、電源が切られている。居ても立ってもいられなくなり、母が何か手紙でも残していないかと部屋の中を物色しているとき、家の電話が鳴った。母からだろうか。私は縋りつく思いで受話器を取った。

「もしもし！」

『もしもし、原田さん。夜分遅くにどうもすみませんね』

聞こえてきたのは学長の声だった。壁掛け時計に目をやると夜の十一時二十分を過ぎている。

「あの……」

『分かっています。お母さんのことでしょう。そのことなら大丈夫、心配いらないですよ』

「あの……母が帰ってこないんです」

『お母さんは、いま私の家にいるんだ。連絡が遅くなってしまって申し訳ないね』

「こんな遅くに、学長の家で、いったい何をしてるんですか？」

『昨日の夜遅くに、お母さんから助けてほしいと連絡があったんだ』

「……」

私は返す言葉が見つからなかった。

『お母さんが最近、私の下でレッスンを受けているのは知っているかい？』

「はい、なんとなく……」

『そう、お母さんはとても勉強熱心で、以前よりずいぶん持ち直していたから平気だと思ったんだ。だから、昨日の電話に対して私は「大丈夫、あなたは強くなったから自分の力でなんとかできる」って返したんだけど、お母さんは相当取り乱していてね。どうしても今すぐ、またレッスンを受けたいと言い出したんだ。夜も遅いし、透花さんも心配するだろうからと一度は断ったんだけれど……。それで昨日の夜中から私の家にいるんだよ』

「そう、だったんですね……」

『昨晩あったことを聞いたよ、透花さん。お母さんは酷く落ち込んでいた。母親失格だと嘆いていた』

私は昨晩の自分の行動を思い出す。恥ずかしさで、耳がだんだん熱くなってくるのが分かった。

「私が悪いんです」

『透花さん、君はいま反省しているかもしれない。なんであんなことをしてしまったんだろうと後悔して、謝りたいと思っているかもしれない。だけどね、君のお母さんはそうは思っていないんだ。少なくとも今はね。彼女は彼女自身の中の悪いものが君との間を隔てていると、そう信じている。だから、その悪いものを私の力で祓《はら》ってくれと懇願してきたんだ。でも、そんなことはもちろんできない。私は神様ではないからね。むしろ、神様でもそんなことはできないよ。極論だが、自分の中の悪いものは自分の力で祓うしかない。それには修行やレッスンを重ねることが必要だ。私はその手伝いをすることしかできない』

学長の話はいつも、分かるようでよく分からなかった。

『つまり、お母さんは僕の下でこれからもっと神様に近づいて、良い人間になろうとしているんだよ』

「良い人間？」

電話越しに私の困惑が伝わったのか、学長は一息ついて落ち着いたトーンで言った。

『そう。透花さん、お母さんが良い人間になろうとしているのは、彼女自身のためでもあるけど、透花さん、あなたのためなのですよ。お母さんは君のために頑張ろうとしているんだ』

「私のため？」

『とにかく、彼女はしばらくはこちらで生活すると言っている。その間、二人はなるべく会わないほうがいいと考えている。透花さん、君の存在が無意識に彼女を追い詰めている、そう考えたことはないかい？　彼女には、母親という役割をいったん忘れる必要があるんだ。本当の意味で浄化されて自由になるために』

「良い人間になんてならなくていいです。だから早く帰ってきてほしいって、そう母に伝えてください。お願いします」

私は思わず声を荒らげて懇願する。

しかし学長は冷静に続けた。

『お母さんの決心は固い。家に帰れるようになるまでは、お手伝いさんを透花さんの家に行かせるから、そこらへんは心配しないでくださいね。なに、永遠のお別れというわけでも、君の母親がいなくなったわけでもない。ただ、少し時間が必要なだけなんだ。何もかも良くなるからね』

「時間って、どのくらいですか？」

『今は正確なことは分からない。これはすごく繊細な問題だから。それは一週間かもしれないし、一ヶ月かもしれない。もしかしたらそれ以上かもしれない。とにかく、これはお母さん次第なんだよ』

昨夜、私があんなことを言ってしまったから、母は私の母親をやめたくなったのだろうか。そんなこと、認めたくもなかった。

電話を切ったあと、私は呆然と立ち尽くしてしまう。

キッチンに行ってコンロの上に置いてあった鍋の蓋を開けてみると、まだ昨晩のシチューが残っていた。

15

それから、母は本当に家に帰ってこなくなった。

学長から電話を貰った翌日の朝、学校へ行く前にフィリピン人の家政婦さんが一人やってきた。彼女に、家のことや自分の食べ物の好みを訊かれるがままに答えた。それから彼女は家の中を見渡し、散らかったテーブルの上を綺麗に片付けると、鍋の中のシチューを指さして、「これはまだ食べますか?」と訊いてくる。私は「もう食べません」と答え、彼女がそれをビニール袋へ捨てている姿を横目に家を出た。

それ以来、その家政婦さんと鉢合わせることはなかったけど、学校から帰ると部屋は綺麗に片付けられていたし、夕飯も朝ご飯も毎日用意されるようになった。

そして母がいなくなって三日目、夜に電話がかかってきた。学長からだ。学長は、『お母さんと話したいかい？』と私に訊いてくる。私はなんだか誘拐犯からの電話みたいだなと思いながらも、もちろん話したいと答えた。

それからは、母と夜の決まった時間に毎日五分ほど話す機会が与えられた。電話越しの母は特に変わった様子もなく、逆に前よりも元気な印象がある。私は、あれから毎日合唱部に通っていること、伴奏の練習が順調であること、新しく金子という友達ができて、昼休みによく中庭で猫と戯れたりして遊んでいるという話をする。母はそんな私の話が嬉しそうだった。

学長からあらかじめ、帰ってきてほしいと願うような発言や、喧嘩した日のことを思い出させる発言、父親についてなど、刺激的なことは喋らないほうがいいと言われていたから、懺悔部屋の話はもちろんしない。ただ、学長の家で何をしているかを訊いても、詳しく答えてくれない。その代わり、母は学長さんには本当に感謝しなくちゃいけないよと、私に言い聞かせるように喋ってくる。

いつまでもそんな調子だったから、私はだんだん電話に出るのが億劫になっていった。

母が学長の家に泊まるようになってから一週間、母に言ったとおり、私は本当に毎日合唱部に通うようになっていたし、ピアノの練習も熱心に取り組むようになっていた。これから本格的にクラス合唱の練習が始まるのもあったし、母が帰ってきたときにガッカリさせたくなかったからだ。

しかし、母は一向に帰ってこずに、気づけば十一月に入っていた。

金子は最近、塾に通い始めたという。頼んでもいないのに、昼休みや休日に一緒に勉強会をしようと提案してくることもあった。金子は紫音との言い合いのあと、『内部進学が無理でも外部受験で高等部に進学できるように』と考えを改めたらしい。休みの日まで勉強に付き合わされるのは少し迷惑だったが、誰もいない部屋に独りきりでいるよりは何倍もマシだった。

十一月に入った頃、金子に私の父親が学園の教頭だったこと、死んでから苗字を変えてこの学園に来たことを話すと、金子は一瞬固まったが、すぐに表情を切り替えて「大変だったんだね」と言った。念のため、「コネで転校してきたって思われるから、他には言わないでほしい」と伝えておく。さすがに、母がいま学長の下で〝修行〟していることまでは言えなかった。


そんな平日のある日、放課後のクラス合唱の練習を教室で終え、他のクラスメイトが各々の部活動に出ていってしまったあと、私が机の上に置いたキーボードを片付けていると、珍しく紫音が声をかけてきた。

瞬間、私は酷く緊張する。学長の家に母がいるということは、必然的に母の存在も紫音に伝わっているはずだ。今までその話には触れないように過ごしていたけど、いつまでも避けられるわけでもない。

「最近、あなたの母親がうちに入り浸ってるの」

予感は的中した。私は恥ずかしくて、顔から火が出そうになる。

「そ、そうみたいね」

「そうみたいね、じゃないわよ。どういうつもり？　最初こそ控えめだったけど、ここ最近はお手伝いさんに代わって手料理を振る舞ってきたり、洗濯物まで洗って部屋に運んできたりするの。今朝も『紫音ちゃん、いってらっしゃい』なんて母親気取りで言ってきて。あと、レッスンだかなんだか知らないけれど、毎晩毎晩決まった時間になると奇声が聞こえるのよ。それに初めて家に来た日、明け方に庭で何か燃えてると思って見にいったら、あなたの母親、全裸で自分の着てきた服を燃やしていたのよ。慌てて止めにいったら、一緒にいた父が『これは儀式なんだ』って。朝早かったから他に誰にも見られなかったのが救いね。でも本当に気味が悪いわ。近所から苦情も届いているし、迷惑にも程がある。もう耐えらんない」

母がそんなことをしているなんて初耳だったし、信じられない。儀式とかレッスンは別にしても、家事をしているなら、うちにいるときと一緒じゃないか。学長は、母親という役割を忘れる必要があると言っていたのに、どうして……

しかし、それとは別に一つ気になることがあった。

「小鳥遊さんのお母さんは？　何か言ってない？」

「うちに母親はいないわ。もう何年も前に離婚してるから」

「そう……」

「もしかして、可哀想なんて思ってない？　母は、私が物心ついたときからもういなかったの。だから、母親の記憶はほぼないわ。最初からいないのと一緒。だから何とも思ってない」

紫音は表情一つ変えずに続ける。

「だからもし、あなたの母親が私の母親代わりになろうとしているんならムダよ。私に母親は必要ないから。今すぐ出ていってほしいんだけど」

「私だって今すぐにでも家に帰ってきてほしいよ。小鳥遊さんから学長に、どうにかしてほしいって頼んでくれないかな？」

「そんなこと、できるわけないじゃない」

「どうして？」

「どうしてもよ。とにかくあなたのほうから早く、あの人をうちから連れ出してくれないと困るわ」

「そんなこと言われても……」

私はどうすればいいか分からなかった。学長には母と離れていたほうがいいと言われ、確かにそのとおりかもしれないと思っていた。けれど、学長の言うことが本当に正しいことなのだろうか。もう私には判断できない。

言いたいことを言い終えると、紫音は背中を向けて去っていこうとする。

「それと――」

ところが、教室を出ようとしていた紫音が振り返って付け加えた。

「金子さんは自意識過剰で、少し変わっているところがあるから、あまり近づかないほうがいいわよ。昼休みに無断で音楽室を使用しているのは黙っておいてあげる。だけど彼女の言うことは信じないほうがいいわ」

16

母の姿を直接確認できたのは、それからさらに二日後の合唱部での練習のときだった。

音楽室で母に会うのも初めてだったが、学長の隣にピタリとつき、音楽室に入ってきた母の姿はまるで別人のようだ。肩甲骨《けんこうこつ》辺りまであったセミロングのパーマの髪は、ベリーショートにカットされており、おでこや耳はほぼ全開だった。十一月にもかかわらず、若い子が着るような真っ白な膝《ひざ》上丈のワンピースに身を包み、首にはゴールドの十字架のネックレスを下げている。

しかし、ピアノを演奏する姿を見て、これはやはり母だと確信する。少し太り、肌艶も良くなっているだろうか。健康状態は以前より改善しているように見えた。

私は『ママ』と呼びかけてしまいそうになるのを堪えながら、他の生徒と同じようにいつもどおり声を合わせる。真面目に部活に取り組んでいる娘の姿を見たら、母も気が変わるかもしれない。なるべく平常心を保つように意識した。

合唱が一段落すると、学長は指揮台から降り、母もそのすぐ隣に姿勢良く並んだ。学長による指導は久々だったので、音楽室内の約百名の部員たちはいつもより緊張感を漂わせている。

「皆さん、十一月に入り、そろそろ合唱祭に向けて本格的に練習が始まりますね」

学長は、部員たちの空気とは対照的に和《なご》やかに話し始める。

「例年どおり、十二月からは全ての部活動は休止になり、放課後は全てクラス合唱の練習に充《あ》てられます。ということは、年内の合唱部での練習も残り少ないということです。皆さんは、クラス合唱で先陣を切ってクラスメイトの士気を高め、技術面でも精神面でもクラス全体を引っ張るお手本とならなくてはいけません。今一度、気を引き締めて練習に取り組んでいただきたいと思います」

「はいっ！」

部長が短い返事をし、それに続けて全体が同じ言葉を繰り返す。

「今日は、残りの時間を使って皆さんに大切なお話をしたいと思います。一度座ってください」

学長に促され、生徒たちは続々と合唱台に腰を下ろしていく。

母はその様子を、微笑みながら眺めていた。

「皆さんは、死んでいる人と生きている人の違いはなんだと思いますか？」

突然、学長が問いかけた。前列の男子生徒が手を挙げる。学長が指すと、男子生徒が立ち上がるなり口を開いた。

「はい、心臓が動いているかどうかです」

「まあ、そうだね。他に思いついた人はいますか？」

学長の問いに今度は誰もが押し黙る。

するとと学長が続けた。

「これから私が話したいと思っているのは、呼吸、息の話です」

学長は一度軽く咳払いをして続ける。

「聖書の創世記の話は皆さんよく知っていますね。神がアダムを創られたとき、神は彼に命の息を吹き入れたのです。この話に基づくと、生きている人間と死んでいる人間の根本的な違いは、前者が息をしており、後者が息をしていないという点にあります。つまり、命は息に依存しているということです。声を出す、歌うという行為はその延長です。生きていることを存分に確かめられる行為でもあります」

全員が真剣に学長の話に聞き入っている。私も自分の呼吸を確かめるように、自然と大きく息を吸い込んでいた。

「神は抜け殻に命の息を吹き込んで生命を創り出したのです。つまり、私たちの命の本質は息です。呼吸です。息は私たちの身体をも超越することができるのです。思ったように声が出ないということは、何かつっかえがあるからです。それは物理的な要因もあれば、精神的な要因もあります。私たちが本当の意味で自由に声を出すためには、今までの自分自身のことを殺して、もう一度生き返ることが必要です。そして、神の与えてくださった〝命の息〟を蘇らせるのです。しかし生きながら自分のことを生き返らせるということは、人間にとってかなり難しいことです。それには特別なトレーニングを積む必要があります」

そう言って、学長は母を指揮台の上に立たせた。背筋をまっすぐに伸ばして胸を張り、指揮台の上で自信満々な様子で一点を見つめるベリーショートの母は、以前よりもどこか吹っ切れた様子で潔い印象がある。悩みなど一つもないというように。

「先日から合唱部のお手伝いをしていただいている原田先生は、ここ最近私の下でトレーニングを積み重ねました。その成果をここで皆さんに見てもらいましょう」

学長が満足げに母を見つめる。

それが合図かのように、母はまず前傾姿勢になり、次に両手を目いっぱい広げて身体をのけ反《ぞ》らせ、大きく息を吸って吐いた。その動作を三回繰り返す。

それから、母は普段の発声練習と変わらないような声を出した。しかし、それはだんだんと訳の分からない奇声になってくる。「キョエ――!」とか「ガ――」とか、そんな感じだ。

やがて母は、指揮台を降りて音楽室の中を走り回り、ピアノを適当に弾き鳴らしたり、でんぐり返しをしたりした。人目も憚《はばか》らず叫び、好き勝手に動き続ける母は、人間というよりはまるで動物、獣だった。

部員の中からクスクスと笑い声が漏れる。ふと視線を感じてその方向を見ると、紫音が不敵な笑みを浮かべてこちらを見つめていた。

母の奇行は三分ほど続いたが、まるで永遠のように長く感じられる。

私はその間、自然と目を瞑り、学長にバレないように両手で耳を塞いだ。あの動物が自分の母だと他の部員に悟られたくない。合唱部内では、私の母親だと紹介はされていないと思うが、苗字が同じだ。噂ではきっと広まっているだろう。たとえまだ広まっていなくても、これから紫音が言いふらすかもしれない。音楽室を飛び出したいくらいだったけど、そんな気力すら搾り取られていくようだった。

しばらくして、学長が四つん這《ば》いで奇声を発する母を椅子に座らせた。学長に背中を擦《さす》られると、母は赤ん坊のように泣き、それから静かに目を瞑る。

落ち着いた母の様子を確認すると、学長は部員たちに語りかけた。

「おかしかったでしょう。無理もない。いい大人が子どものように好き勝手に動いて、叫んで、泣いて。皆さんはこんな経験をしたことがないでしょう。したくもないかもしれない。しかし、どうでしょう。皆さんがまだ子どもだったときは、こんなことも平気でできていたでしょう？声を出そうなんて思って無理やり出していたわけではないはずです。ところが、自我が芽生えると共に、そんな衝動を抑え込んでしまうのです。自分自身、あるいは周りから抑制されたりすることで、私たちは知らず知らずに命としての息のありのままの形を忘れてしまっているんです。身体を超えて、呼吸をする、声を出す、生命としての神から与えられた息に従うというのは、本来の息の形を思い出す行為なのです。原田先生は今、〝命の息〟を存分に使っていたことになります」

部員たちはそれを聞くと、一斉に立ち上がって拍手をした。

少しして母が目覚めると、学長は「気分はどうだい？」と問いかける。

「最高です」と母は答えた。「まさに天にも昇るような気持ちです」

母がよく「身体が軽くなる」と言っていたのはこのことだったのだろうか。

学長はさらに続ける。

「しかし、原田先生もまだまだレッスンの途中なんです。息を自由に解放するのにも段階がある。まず自分の今までの生い立ちから辿っていき、過ち、誰にも言っていない秘密、それらを全て神に打ち明けるのです。その過程を経て、最終的に穢れがなくなった状態で自我を解放した者だけが、神から与えられた息を、生まれたてのように自由にできるのです。そのような、肉体を超越する自由な息から発せられた声だけが、聞いている人の心に響きます。私は、皆さんに原田先生のようにレッスンを受けることを強要しているわけではありません。それでも、日々自分の心に向き合い、過ちを認め、神に懺悔する。それだけでも人間が生きていることで蓄積していった穢れは少しずつ落ちていくものです」

そこまで言うと、学長は母のほうに目配せをした。二人の間に、特別な信頼関係のようなものがあるように見える。学長は、改めて部員たちのほうに向き直った。

「皆さん、今日のことをよく覚えておいてください。もう一度言います。本来、息は人間の身体を超越するものなのです。全ての物事は繋がっています。声は聞こえるものだけが全てではありません。合唱祭でも皆さんが活躍できるよう、このことを肝に、そして何より小鳥遊自由学園合唱部員としての誇りを持って練習に励んでください」

話を終えると、学長と母は音楽室を出ていってしまった。

私は、学長のすぐ隣にいる母を追いかけたかったけれど、勇気が出なかった。母とはもうずいぶんまともに話していなかったし、変わってしまった母は自分を忘れてしまっているように思えたからだ。今の母にどんな風に接すればいいのかも分からない。

あの日、母に酷いことを言わずに良い子にしていれば、母はあのまま自分と暮らしていてくれたのだろうか。

あれ以来、たまに電話越しに学長と話すことはあったが、ここ数日は母と電話でも話せていない。私が会いにいきたいと頼んでも、学長は『お母さんはまだ修行の期間だから、もう少しそっとしておいてください。今は母親という役割、年齢、そして、性別からも、彼女は解放されないといけない期間なんです。本当は電話するのだってよくないんだよ。分かりますか？』との一点張りだった。

しかし、このまま母を学長の下にいさせたら、母が私の知っている母ではなくなってしまう、取り返しがつかなくなってしまうような気がした。とにかく、私がなんとかして母を連れ戻さないといけない。

そう肝に銘じながら、帰り支度をして音楽室を後にした。

「お母さん、面白かったわね」

下駄箱で革靴に履き替えていると、紫音が話しかけてきた。その顔には、やはりどことなく笑みが含まれている。今は紫音のからかいに付き合っている余裕はない。私は何も言わずに、足早に校舎を出る。

しかし、紫音はしつこく追いかけてきた。

「ねえ、待ってよ。提案があるの。今日これから私の家に来ない？」

紫音の予想外の発言に私は足を止める。

「でも、学長から、今は母に会うなって言われてる」

「そうかもしれないけど、こっちだってもう限界なの。勉強だって家で集中できない。もういい加減、連れて帰ってくれないかしら」

紫音はしんどそうに溜息をつく。

「私だって、できることなら連れ戻したいよ」

「じゃあ決まりね、ついてきて」

有無を言わせないその言葉に、私は従うしかなかった。それに、少なくとも今の状況から何も変わらないよりはマシかもしれない。

紫音の家は近かったけど、学園を挟んで私の家とは正反対の方向だった。閑静な住宅街を紫音は歩いていく。通り過ぎる家々は、みんな大きくて外壁が凝っていた。

学校から歩いて十分くらい経っただろうか。紫音は立ち止まって、こちらを振り返る。

「もしかしたら、あなたを家に連れ込むと父に怒られるかもしれないわ。そうしたら、あなたが母親に会いたくて私のあとをついてきたって、そういうことにしてよ。これは約束」

自分勝手な提案だったけど、私は「分かった」と頷いた。強引な展開だとしても、こんな機会は私にとってもありがたい。

辿り着いた紫音の家は、高級住宅街の中でも一段と豪勢に見えた。落ち着いた門構えの奥には、美しい草花が植えられ綺麗に手入れされた庭が見える。三階建ての家は、学長と紫音の二人暮らしには大き過ぎるように思えた。紫音はこの前、母親はいないと言っていたが本当だろうか。

庭を歩いている間、こんなに大きくて部屋が余らないのかと訊くと、紫音はお手伝いさんたちの部屋だと教えてくれる。祖父が建てた家で、部屋数も多いから、掃除だけでも大変なのだという。

玄関扉を開けると、内装は洋風で外観よりも温かみがあった。玄関は綺麗に整頓されていたけど、その中に母がいつも履いていたパンプスも交じっている。靴箱の上にはイエス・キリストの真っ白なガラス製の像と十字架が置かれていて、キリストの腕に抱かれるような形で赤い薔薇《ばら》が一本挿されていた。

紫音は私をリビングに案内して、大きな革のソファに座らせた。リビングを見渡すと、本や置物など細々とした物がたくさん置いてあったが、そのどれもが部屋に馴染んでいて散らかっている印象はない。部屋の奥の壁には暖炉まである。部屋全体をオレンジの優しい光で照らすライトは、年季が入ったお洒落なアンティーク調だった。ちょっとした外国のお城を訪れた気分になってくる。

「さて、どうやって連れ戻してもらおうかしら」

紫音は私の向かいに座って真剣な眼差しで言った。

「あなたの母親と父がいつもレッスンで使用しているのは三階の部屋よ。私の部屋は二階だけど、うるさくて最近は一階に避難してるわ。いつも、だいたい夜の八時過ぎから始まるから、あと三十分くらいかしら。二人とももう帰ってきてると思う。レッスンが始まったら、部屋に入ることはできないから連れ出すならその前ね」

「でも、私の母は私のことをもう嫌いだと思うの。顔も見たくないと思っているかもしれない……」

「ここまで来たのに、まだそんなこと言ってるの？」

紫音はおもむろに席を立つと、テーブルのすぐ近くのキッチンへ向かった。開放的で広い立派なキッチンだ。紫音はそこに置いてある大きな鍋の蓋を取って言った。

「ねえ、これ、あなたの母親が昨日作ったシチュー、食べる？　私は食べなかったけど。家政婦さんの作った物のほうが美味しいし」

私は驚いて鍋を覗きにキッチンへ行った。確かに母の作るシチューだ。私があの日、テーブルにぶちまけたものと一緒だった。

「こういうことも迷惑だから早くやめてほしいって、あなたからお願いしてね。実の母親なんだからそれくらいできるでしょ？　あと、ずっと気になってたんだけど、あなたの父親は？

このことについて何も言ってこないの？」

紫音はこちらを探るように訊いてくる。そのことについて、学長は気を遣って言わないでいてくれているのだろうか。私は、「何も言ってこない」と苦笑いをして誤魔化した。


そのあと紫音についていき、落ち着いた木目調の階段を登っていく。手すりには滑らかなニスが塗られていて、艶々と光り輝いていた。

三階まで上がると、紫音は振り返る。

「さっき言ったこと、覚えてるよね？　あなたが勝手に私についてきたっていうこと。よろしくね」

そう小声で言って、四つの部屋が並ぶ中のひとつを指さした。

「あそこ、あの部屋でいつもレッスンが行われてるの。先に行って。とりあえず私はここで待ってる。私があの部屋に入ったら、父はとても怒るの」

紫音は階段の一番上に、こちらに背を向けた状態で小さくなって腰をかけた。

温厚な学長が部屋の扉を開けたくらいで怒らないように思ったし、一緒に来てくれればいいのにとも思ったけれど、紫音の言うとおりにするしかない。緊張で心臓はバクバクしていたが、せっかくのチャンスだ。いま怯んでしまったら、いつまでも母を取り戻せないかもしれない。

そう腹を決めて、ドアの取っ手に手をかける。勢いに任せて一気にドアを開けたものの、中には誰もいなかった。部屋の中には、教科書の並んだ勉強机と椅子、一人用のベッド。本棚には難しそうな本もあれば、少年漫画も置いてある。ちょうど同じ歳くらいの男の子の部屋みたいだった。壁には額縁に入れられたいくつかの表彰状やトロフィが飾られている。数学オリンピック、絵画コンクール優秀賞、そのどれにも『小鳥遊海音』と記載されていた。

「ちょっと、何やってるのよ！」

私は背後からの紫音の声に身体をビクつかせ、開けていたドアを反射的に音を立てて閉めてしまった。

「その部屋じゃないわ！　その隣！　一番奥の部屋よ」

紫音が声を殺しながら囁き、彼女が指さす扉のほうに目をやる。ところがそこには、いつの間にか学長が佇《たたず》んでいた。

「騒がしいね。どうしたんだい」

「あ、あの、母を……」

学長の雰囲気はいつも以上に威圧感に満ちている。私は上手く言葉が出てこない。

しかし、学長はすぐに目尻に皺《しわ》を寄せて、いつもの穏やかな表情を浮かべた。

「透花さん、びっくりしたなあ。お母さんの様子が気になったのかい？」

「はい、すみません」

「それなら今日、合唱部で見たでしょう？　あれは透花さんにお母さんの今の姿を見せるためでもあったんだよ。分かってくれなくて残念だなあ」

「でも……」

「お母さんは今、精神を落ち着けようとしている。ここから覗いてごらん」

そう言って、学長が奥の部屋の扉を少し開ける。ドアの隙間から恐る恐る中を見ると、真っさらな部屋に置かれた白い椅子に身を任せ、だらしなくもたれかかっている母の姿があった。上を向いたまま、目を瞑っていて動かない。眠っているようにも見えた。

「ママ……」

母に呼びかけようとした瞬間、大きな音と共に、紫音の「ギャッ」という短い悲鳴が聞こえてきた。驚いて振り向くと、紫音が頬を押さえながらうずくまっている。

「紫音、お父さんの邪魔をするのか」

「ごめんなさい」

紫音が涙声で言った。

「だから女っていうのは――。こうやって勝手に人を上がらせたりして」

「ごめんなさい。許してください。もうしません」

初めて見る弱々しい紫音の姿に、私は罪悪感を覚えずにはいられなかった。そして、紫音との約束を思い出す。私はとっさに口を開いた。

「違うんです。小鳥遊さんは悪くなくて、私が母の様子を見にいきたくて、黙って小鳥遊さんのあとをついてきたんです。私が悪いんです」

「透花さん、これは親子の問題なんだ。紫音は言うことを聞かないことがよくあってね」

学長は私に「心配しないでくれ」と微笑みを浮かべた。それは紫音がたまに私に向ける笑みと似ている。二人は親子なのだと実感した。

するとき紫音が私に向かって「もういいから帰って」と言い、私を階段のほうまで誘導した。私は言われたとおり、紫音のあとを追って階段を下っていく。こうしないと、紫音がまた学長に叩かれるのではないかという気がしたのだ。学長も私たちのあとをついてくる。

「せっかく遊びにきてくれたのに、申し訳ないね。電話でも言ったとおり、お母さんはもう少しの間、母親であることを忘れる必要があるんだよ。大丈夫、永遠のお別れなんかじゃない。安心して君のお父さんにも誓えるよ」

帰り際、玄関先で学長はこう付け加える。

紫音は俯いたまま何も言わなかった。

家路につきながら、私は初めて合唱部の見学に行った日のことを思い出していた。確か、あのときも学長と紫音の間にはさっきと同じような空気が漂っていた。学長が出てきたのは、音楽室の隣の小部屋からだった。つまり、懺悔部屋だ。ということは、学長もあの部屋の存在は知っている。だけど、そこで何が行われているかは知っているのだろうか。そもそもあのとき、学長は懺悔部屋で何をしていたのだろう。考えれば考えるほど、分からなくなった。

17

次の日の昼休み、いつものように金子と中庭で昼ご飯を食べていた。

昨日は結局、あのまま家に帰って家政婦さんの作ったハンバーグを温め直して食べた。紫音とはあれから一言も言葉を交わしていない。昨日のことは彼女にとって見られたくなかった姿だろう。

そんなことがあったとは露知《つゆし》らず、金子は私の横に座って彼女の母親が作ったであろう彩り豊かなお弁当を食べている。そこで、私は気になったことを訊いてみた。

「ねえ、小鳥遊さんの家って遊びにいったことある？」

私の問いかけに、金子は特に動揺する素振りもせず、「あるけど、どうして？」と訊き返してきた。

「私、昨日遊びにいったの。少し、クラス合唱について話さないといけないことがあって」

「最近の小鳥遊さんが家に誰か入れるなんて珍しいね。私が遊びにいってたのは小学生の頃だけど、中学になってからは一度も行ったことないし。豪華な家だよね」

「うん、すごかった。大きくて、部屋がいっぱいあって、映画の中でしか観たことないような暖炉なんかもあった。でもいくらお手伝いさんがいるからって、親子二人であの家は広すぎるよね」

「そっか、今は二人か」

金子の呟きに私は首を傾げる。

その様子に気づいて、金子が続けた。

「小鳥遊さんには双子の兄弟がいたから」

「そうなの？」

私は驚いて訊き返した。直後に、間違って開けてしまった部屋に並べられていた賞状のことを思い出す。

「その子ってもしかして、『うみね』って子？」

「うみね？」

「うん、『海』に『音』って書いて『うみね』」

「それね、『かいと』って読むんだよ。すごく優秀な双子のお兄ちゃん。同じクラスにはなったことないけど、絵が上手くて、数学の才能もすごくて有名だったよ。小鳥遊さんよりも優秀で目立ってた。今は、カナダで一番レベルの高い学校に通ってるんだって」

それを聞いて腑に落ちる。あの部屋は留学に行ってからもそのままにされているのだろう。

金子はそこまで言うと、空《から》になった弁当箱をまとめて立ち上がった。

「私ね、最近塾の成績が思うように伸びなくて、親にもこのままじゃ高等部に行けないよって叱られちゃった。だから、これからは昼休みも図書館で勉強しようと思うの」

金子はそう言い残すと、図書館に行ってしまった。

中庭に独りで取り残されると、とたんにこの場所が広く、肌寒く感じる。よく一緒に遊んでいた猫も、最近はまったく見かけない。

私は残りの菓子パンを食べてしまってから、中庭を出て離れに向かった。合唱祭の練習がしたいからと、職員室で特別に鍵を借りて音楽室に向かう。母に報告するために始めたピアノ練習だったが、やり始めると案外楽しかったし、ピアノに触れているときは煩《わずら》わしいことを少しの間忘れることができる。

自由曲の練習が一段落すると、母がよく家で弾いていた曲を弾いてみる。

そして、父がいた頃の三人の幸せな思い出を頭の中に蘇らせた。

第五章

18

十二月に入ると、朝の合唱練習に加えて、放課後の部活動の時間も全てクラス合唱の練習に充てられるようになった。

紫音の家を訪問して以来、彼女は露骨に私のことを避けていて、指揮者と伴奏者としての必要最小限の会話ですらまともにしなくなった。

一方、あれ以来母は、三日に一度くらいの頻度で短い時間だけうちに帰ってくるようになっていた。学長が何か言ってくれたのかもしれない。

最初に母が家に帰ってきたのは、紫音の家を訪問した翌日のことだった。

学園から家に帰ると、母が大きなビニール袋を持って父の書斎から出てきたのだ。しかし、私が何をしているのかと訊いても答えてはくれなかった。袋の中身をよく見ると、今までそのままにしていた父親の私物が詰め込まれている。それをどうするのか訊くと、母は「燃やすのよ」と一言言い放った。前に紫音が、『儀式』として学長の家の庭で母が服を燃やしていたと不平を漏らしていたことを思い出す。

「どうしてそんなことするのよ!」

私は母の腕にしがみつき必死で止めたが、彼女は聞く耳を持とうとしない。

母は、その後もたまに家に帰ってきては、物を持ち出していった。主に、父親の遺品であったり、思い出のある物だ。そんなこともあって、うちの中は以前にも増してどんどん寂しくなっていった。

一度母から、一緒に学長の家に行ってレッスンを受けないかと真面目に誘われたことがあったが、私はもちろん全力で断った。

母は前よりは潑剌としている。学長の言うとおり、身軽そうで良い人間になったのかもしれない。けれど、私は母のように、父との思い出を消し去ってまでも良い人間になりたいとは思わなかった。

母との距離感も摑めないまま、悶々《もんもん》とした日々を過ごしながらも、私はクラス合唱に勤しんだ。合唱祭で良いところを見せれば、母も改心してくれるのではないかと淡い期待を抱いていたのだ。

紫音との間には変わらず気まずい空気が流れながらも、私は彼女と一緒にクラスのみんなに指示するようになっていた。そのせいか、葉月がいなくなってからはクラスで金子しか話す相手がいなかったが、最近は少しずつ他のクラスメイトにも受け入れられているのを実感していた。

十二月も半ばに入り合唱祭まで十日を切った。

週の初めのこの日、私は朝の礼拝に向けてまだぼんやりとした目を擦りながら、チャペルまでの道のりを歩いていた。生徒たちがまばらに着席し始める中、私も同様に長椅子に座る。壁掛け時計を見ると八時二十五分。礼拝は八時三十分からだ。私はあと五分でも眠ろうと思い、そっと目を瞑る。

そのとき突然、静寂を切り裂いて、大きな叫び声がチャペル内に響き渡った。

声は、チャペル中央の祭壇で礼拝の準備を整えている生徒会の女子生徒からだった。あまりの声の大きさにチャペル内がざわつき、祭壇の辺りに生徒たちが続々と集まっている。その集まった生徒からも次々と悲鳴が漏れていた。何があったのか確認したかったが、祭壇の周りは人だかりで中の様子は窺えない。

男性教師が慌ててマイクを手に取り「落ち着きなさい！」と生徒たちを着席させる。しばらくすると人だかりは消えたが、先ほどの教師が近くにいる学長に耳打ちすると再びマイクを取った。

「えー皆さん、今日の礼拝は中止です。これから臨時でクラス集会を行っていただきます。各クラスの担任、学級委員には事情をお伝えしますので、このあと速《すみ》やかにこちらに集まってください。それ以外の生徒は教室へ戻るように」

その言葉に従い、生徒たちは校舎に戻っていく。

「あれ、見た？」

「見てない」

「でも見なくてよかったよ。あれ最初に見た子、いま気を失って保健室に運ばれてるんだって」

「猫？」

「そう、猫の死骸」

「野良猫？」

「いや、よく校内で見た奴」

「マジか……」

校舎に戻るまでの道のりで、聞こえてくる生徒の会話だけからでも、さっきチャペルで何が起きたのか理解できた。祭壇の上に猫の死骸があったのだ。その猫はよく校内にいた猫。中庭でよく見かけた猫だろうか。私は胸が締め付けられる思いだったが、まだあの猫だと決めつけるには早いだろう。


私が教室に着くと、あとから隣のクラスの澤口《さわぐち》先生と紫音が入ってくる。ざわつく中、澤口先生は教壇に立って概要を説明した。

「見た者もいるかもしれないが、先ほど祭壇の上で猫の死骸が発見された。その猫は学園で飼っているグレーの猫だ。見覚えがある生徒もいるだろう。猫の死骸は、片方の前足の先が失くなっていたようだ」

その説明に、やっぱりあの猫だったのかと言葉を失う。

さらに生徒たちがざわつく。

澤口先生は「このあとは学級委員に代わってもらう。俺は自分のクラスに戻るから、ちゃんと従うように」と言い残して教室をあとにした。代わりに紫音が教壇に立つ。

「先生が言ったとおりですが、これからこの件に関して皆さんと話し合いたいと思います。まず、何か事情を知っている人はいませんか？」

紫音が落ち着いた様子でその場を仕切る。

しかし誰も手を挙げない。

紫音は続けた。

「何も、こんな酷いことをする人がこの中にいるなんて思っているわけではありません。皆さんの中で何か情報を持っている人がいれば、些細なことでもいいから力を貸してください」

「あの、さっき先生が言ってた、猫の前足が失くなっていたっていうのは本当なの？」

窓際の列に座る女子生徒が訊いた。

「本当です。猫は右の前足が失くなっていました。私も見せてもらいましたが、事故というより、人間が意図的にやったとしか思えないような形跡でした。切られた右足はまだ見つかっていません。あの猫は、今でこそ学園で放し飼いにしていましたが、もともとは私の家で飼っていた猫でした」

紫音は洟《はな》を啜《すす》りながら俯くと、ボソボソと話を続けた。

「だから私は、あの猫を子猫の頃からよく知っています。毛並みが絹のように美しかったので、『シルク』と名付けて家族みんなで可愛がっていました。父が数年前、中等部で猫を放し飼いにすると決めたとき、私はまだ小学部だったので、猫に会えなくなるのは嫌だと駄々をこねましたが、動物と触れ合うことで生徒たちの日常をより良くしたいという父の考えを聞いて、渋々納得しました。それから中等部に上がり、シルクに再会したとき、シルクは学園でいろんな名前で呼ばれていました。シルクは家で飼っていたときよりも活《い》き活きしていて、学園の生徒にとても可愛がられているんだなと安心しました。それなのに、こんなことになるなんて……」

紫音の話に、何人かの生徒が一緒に涙ぐんでいる。

「蓮見、お前は何か知らないのかよ」

そこで、男子生徒が不意に声を上げた。サッカー部の体格の良い男子だ。〝右の前足〟と聞いてから、おそらく教室内の誰もが考えていたことだろう。蓮見くんも右手を怪我している。何か関連しているんじゃないかと、自然と想像が膨らむ。しかし、それを口に出すのはタブーに思われた。

「何言ってんの？　いくらなんでもそんなこと訊くの、酷すぎる！」

女子生徒が言うと、一緒になって「確かに、そんなこと言う必要ない」と他の生徒もその男子生徒を責め出した。

「なんでだよ。俺は蓮見に何か知ってるかって訊いただけじゃないか。別に犯人扱いしたわけじゃない。お前らこそ、蓮見が犯人かもってどこかで思ってるから、そんなこと言うんじゃないのか⁉」

男子生徒は喧嘩腰になって声を荒らげる。

当の蓮見くんは何も言わず、ただお地蔵様のように自分の席に座ったままだ。

「お前さ、なんでいっつもそうやって他人事みたいな顔してんだよ。何も知らないなら、知らないって言えばいいじゃん。いつまでも病人ぶってんじゃねーよ！」

男子生徒が蓮見くんの席まで行き、彼の肩を叩く。蓮見くんはそれでも何も言わずに、男子生徒に触れられた肩を汚い物が触れたように払った。それを見た男子生徒が逆上する。

「お前よお、いつも彫刻刀でなんか彫ってるよな。あれでやったんじゃないか？　猫の前足も」

そう言って、蓮見くんを蔑《さげす》むように声を出して笑った。私は耐えきれずに机の下で拳を握る。蓮見くんがそんなことするはずがないのは分かっていた。昔、ピアノ教室に小さな虫が出たときも、殺さないで外に追い出してあげていたくらいなのだ。

「皆さん、今は何も犯人を追及したいわけではないんです。これはクラスの問題ではなく、学園の問題です。そのために各クラスで聞き取りをしているだけです」

紫音が諭《さと》すようにクラスをまとめていく。

「もう一度訊きます。この件に関して、何か事情を知っている人はいませんか？　どんな些細なことでもいいです」

するると、また他の女子生徒が手を挙げた。

「最近、金子さんと原田さんが中庭で、休み時間によくその猫と遊んでいるのを見ました」

立ち上がってそれだけ言うと、女子生徒はまた席に着く。

「原田さん、金子さん、それは本当ですか？」

紫音に名指しされ、私は「はい」と答えた。金子も「はい」と小さく呟く。ここで嘘をついても仕方がない。

「最近とは、いつ頃のことですか？」

私は少しの間黙って、いつ頃かと思い返していた。金子とは彼女が塾の成績が下がったと言ってから疎遠になっていたし、ここ最近は中庭自体も寒くて行くことも少なくなっていた。最後に猫を見たのはいつだっただろう。

「確かに、懐《なつ》いている奴じゃないと殺したりなんてできないもんな」

さっきのサッカー部の男子が誰に言うでもなく呟く。それに対し、周りの男子生徒も「確かにな」と面白半分に口を揃えた。残酷な事件だけど、猫に思い入れのない人にとっては、大した問題でもないのだろう。

「ちっ違う！　そんなわけない！」

すると、男子がふざけて言っていることに対して、金子は真剣に言い返した。私は「またか」と心の中で溜息をつく。なんでもかんでも真《ま》に受けてしまうのは金子の良くないところだ。関係がないなら、冷静に反論すればいいだけなのに。

「お、怒ってる怒ってる。これは黒だな」

男子生徒がさらに茶化して言うと、他の何人かの生徒も一緒になって笑っている。

「違う！　私はそんなことしてない！」

金子は必要以上に取り乱していた。

紫音が「静かにしてください」と言っても、生徒たちの金子に対する悪ノリはなかなか収まらない。

そんな中、金子が突然、一番前の席から後ろを振り返って、私のほうを指さした。

「私、原田さんがやったんだと思う」

金子の口から出た思いもよらない言葉に、私は開いた口が塞がらなかった。クラス全員が興味津々にこちらを向いたのが分かる。金子はさらにつけ加えて言った。

「原田さんは死んだ教頭の娘だから、学園に復讐しに来たんだ！　これは宣戦布告なんじゃないのかな」

興奮して呼吸が速くなっている金子を、紫音が宥めながら席に着かせた。クラスは異様な雰囲気に包まれている。クラスメイトの眼差しから、私に対する疑念や恐怖のようなものが感じ取れた。

「原田さん、いま金子さんが言ったことは本当ですか？」

そういえば一度、金子に教頭の娘であることを話したことがあったのを思い出したが、私はあまりにもショックで何も考えることができなかった。

ところが、私がしばらく固まっていると、蓮見くんがいきなり席から立ち上がった。

そして突然言ったのだ。

「僕がやったんだ。ほら、これ見て！」

同時に、ズボンのポケットから何かを取り出し、左手をまっすぐ上げる。よく見ると、そこには動物の足が握られていた。学園の猫と同じ、グレーの毛色をしている。

「ぎゃ――――!!」

生徒たちの絶叫が響き、みんなが一斉に蓮見くんから遠ざかる。

隣の教室から教師や野次馬の生徒たちが駆けつけてくる。

蓮見くんは澤口先生に連れられてどこかに行ってしまった。

クラスは破滅的だった。金子は机にうずくまったままだったし、蓮見くんの出した猫の足を見た女子生徒の一人は過呼吸になってしまっている。少しして別の教師が来て、今日のB組の授業は全て中止、みんな帰って自宅で自習するようにと伝えている。

私はショックのあまり、次の日の学校を休んでしまった。

19

渡辺葉月の訃報《ふほう》が電話で回ってきたのはその夜だった。

次の土曜の朝に行われる葬儀の場所と時間が伝えられる。家族の希望で、二年B組の生徒と、バスケ部の部員、そして寮で仲の良かった子のみにしか伝えていないこと、葬儀への参加は自由ということだけが事務的に教えられた。

次の日、学校に行くと、みんなが私のことをジロジロ見ていたが、話しかけてくる者はいなかった。蓮見くんと金子の姿は見えない。どうやら欠席のようだ。試しに近くの子に話しかけてみたが、無視されてしまった。佐野先生もこんな気持ちでこの教室で過ごしていたのかと思うと胸が痛む。

昼休みになると、A組の教室を訪ねた。後ろの扉から覗き込むと、席に独りで座ったままの野田くんを見つける。きっと葉月のことで落ち込んでいるだろうから、声をかけたかったのだ。

野田くんは私を見つけると、すぐにこちらにやってくる。私たちは廊下をあてもなく歩きながら話した。

「聞いた？　昨日、葉月のこと」

私の問いかけに、野田くんは力なく「ああ」と呟いた。

「聞いたよ。あいつ、転校してなかったみたいだな。そんで、これは本当か分からないけど、どうも自殺らしい。十二月に入ってからずっと意識不明で病院にいたんだって」

私も口には出さなかったけれど、そうだろうなと思っていた。葉月は病弱でもなければ、殺されるような人間でもない。

「おかしいよな、こんなの。あいつに何があったんだろうな。違う学校で元気にやってればいいなんて思ってたけど、俺、能天気でバカみたいだ」

そう言って、野田くんは涙を流す。野田くんの涙を見たら、葉月が死んだ現実を突きつけられたようで、私も涙が出た。

私たちは自然と体育館のほうへ足を向ける。中では、数名の生徒たちがバスケの練習をしていた。

「原田さんもやる？　少しだけ、遊びで」

野田くんはバスケットボールを持ってきて言ったが、こちらが返事をする前にボールをパスしてきた。私が困っていると「パス」と言って目配せをする。私は見様見真似でそれを野田くんのほうに投げた。

「あいつ、俺に何も言わなかったな。悩んでるとか、一言も」

野田くんがボールを抱えたまま動かなくなる。私は彼がまた泣いてしまうのではないかと思ったが、少しして野田くんはボールをこちらに投げてきた。

「そういえば、B組、大変なことになってるみたいだな、猫がどうとか」

泣くのを我慢するために話題を変えたいのだろう。そう感じたから、気が引けたものの私もその話に付き合う。

「うん、色々ね……」

「俺さ、蓮見がそんなことするように思えないんだよな。うん、あいつが絶対そんなことするわけねえよな？　何かおかしいよな」

「うん、私もそう思う」

野田くんからのボールをキャッチしながら、葉月もこうやって、彼と部活終わりとか昼休みに話したんだろうなと考える。

「蓮見はいま停学くらってるみたいだな。このままだったら、合唱祭にも出られないかもしれない」

学校に来ていないだけかと思っていたのに、まさかそんなことになっているとは思わなかった。私が驚いていると、野田くんは私を見て「何も知らねーのな」と言って弱々しく微笑んだ。

†

葉月の葬儀会場として指定された教会は、偶然にも幼い頃、父に連れられてきていた場所だった。

今でもたまに近くを通りかかることはあったけれど、中まで入って礼拝することはない。学校のチャペルと同じように、小規模ではあるが内装がしっかりしていて落ち着くし、神聖な気持ちになれる空間だ。

前方の席には葉月の親族が五、六名。その他はバスケ部と思われる生徒たちが十数名固まって座っていた。左のほうにはB組の生徒も見える。紫音を始め、クラスの過半数はすでに座っていた。生徒たちは全員が小鳥遊自由学園の制服を着ている。金子や蓮見くんの姿はここでも見当たらなかった。

すでに葬儀は家族のみで終えていて、私たち生徒は告別式からの参加だった。遺影の中で爽やかな笑顔を見せる葉月が、自殺を選んだなんて今でも信じられない。

神父の指示に従い、全員が起立して讃美歌312番『いつくしみ深き友なるイエスは』をオルガンに合わせて歌う。

「いつくしみ深き　友なるイエスは　罪とが憂いを　とり去りたもう
こころの嘆きを　包まず述べて　などかは下ろさぬ　負える重荷を」

三番まで歌い終えると、生徒代表として紫音が前に出る。

「葉月さんは、学級委員やバスケ部の部長として、まさに文武両道で学園のみんなをいつも明るく引っ張ってくれていました。葉月さんと私たちが出会えたことを深く神に感謝いたします。安らかな眠りにつかれますよう心よりお祈り申し上げます」

キリスト教では、人の死は終わりや不幸なことを意味するのではなく、新しい命への扉だと父から教えてもらったことがあった。だから葬儀でも、『お悔やみ』という言葉は使わないのだと。

紫音の弔辞《ちょうじ》のあと、弔電が読み終わると、参列者が並んで献花が行われた。献花の列では一人ひとりが時間をかけている。それを見ても葉月がいろんな人から愛されていたことが分かる。

私も一輪の花を手に持ち、葉月のご家族のほうに礼をした。

両親はずっと泣いていて、そのすぐ隣の小学校低学年くらいの小さな男の子はずっと不安そうな顔をしている。

それを見て、私もそうだったと思い出した。父が死んだとき、悲しみに暮れる母を守らないといけないと思った。私には母しかいない。自分の悲しみは後回しだった。

献花の列が終わり、棺《ひつぎ》の周りに生徒たちが集められ、今度は棺の中への献花が行われた。

葉月の父親が涙ぐみながら、私たちのほうに頭を下げる。

「葉月は今まで寮生活で、月に三回ほどしか会えなかったけれど、帰ってくるといつも学園でのことを嬉しそうに話してくれました。それもこれも皆さんのおかげだったと思います。葉月と仲良くしてくださってありがとうございました」

真っ白な花々に加え、寄せ書きを一緒に入れる生徒もいた。棺の中で安らかに眠る葉月を見ていると、とても死んでいるようには見えない。頬に触ると驚くほど冷たかった。

献花がひととおり終わると、神父が祈りの言葉を述べ、棺の蓋を全員で持ち、足元のほうから閉めていく。棺は親族と数名の男子生徒で火葬場へ向かう車まで運ばれた。その中には野田くんの姿もあった。


告別式が終わり、他の生徒たちが教会をあとにする中、空になったその場所で私は再び両手を合わせた。これ以上私から大切な人を奪わないでください。

そのあと、家に帰ろうと教会の外へ出る。するとそこで喪服の女性とすれ違った。

気になって、その姿を目で追うと、女性は花で飾られた遺影の下で深々と頭を下げた。そして、長い間頭を上げなかった。やっと頭を上げると、すぐに教会をあとにしようとする。その女性は、頭に黒いストールをすっぽりと被って顔を隠していたが、微かに見えた横顔と細長い身体のシルエットには見覚えがあった。

「佐野先生！」

私が呼びかけると、佐野先生は肩を大きくビクつかせたが、振り返らずに足早に歩き続ける。私は何度か呼びかけながら、教会の外に出た佐野先生に追いつくと、彼女の正面に回り込んだ。

「ちょっと、佐野先生！　逃げないでくださいよ」

佐野先生は確か療養中と聞いていたが、久々に見た彼女は少し窶れた印象はあるものの、以前と変わらないように見える。

「原田さん……」

「佐野先生、葉月の告別式、来てくれたんですね」

私が言うと、佐野先生は黙ったまま小さく頷いた。

「ええ。休んでいるけど、私が受け持つ生徒だもの。最後のお別れはしなくちゃと思って」

佐野先生はそう言いながら周りを気にしている。休んでいる手前、先生や生徒など、学校関係者の視線を気にしているのだろう。

そこで私は、「近くの喫茶店で少し話せませんか?」と提案した。佐野先生は生徒と教師が校外で会うのは禁止されていると渋っていたが、どうしてもと言うと、渋々承諾してくれた。


私たちは近くで見つけたお店に入ると、奥まった四人掛けのテーブルに向かい合わせに座った。私はカフェラテを頼み、先生はホットコーヒーを注文する。土曜日にしては店内のお客さんはまばらだった。駅から遠い場所にあるからかもしれない。告別式帰りの生徒がいるかどうか店内をザッと見回したが、同じ制服を着ている生徒はいないようだ。

「葉月の葬儀、先生にも知らされていたんですね。お休みになってる間だったから、連絡が行ってないかと思ってました」

私はカフェラテに角砂糖を二つ入れながら言う。

「学校からも連絡は来たわ。そのあとに金子さんからも電話で教えてもらった。金子さんは事情があって行けないみたいだったけど、先生はB組の担任だから行ってあげてくださいって。さすがにみんなに交じらないように時間をずらしたんだけどね」

「一緒の時間に来ればよかったのに」と私が言うと、「だって私がいたらみんな驚くでしょう」と、佐野先生は力なく笑ってコーヒーカップを掌で包む。佐野先生は今でもたまに金子と連絡を取り合っているようだった。

「原田さん、学校はどう？　私が途中でいなくなってしまって、たくさん迷惑かけたわね。学級委員が小鳥遊さんになったのも知ってるわ。今は学年の先生が代わる代わる見てくれているみたいだけど……、合唱祭前に担任として、本当に申し訳なかったと思っているわ」

「私のほうこそ、先生のことをみんなに交じって無視して嫌な思いをさせました。本当にごめんなさい」

「そんなの、もう気にしてないわ。ただ単に私が教師に向いてなかっただけよ」

「そんな……。金子さんが言ってました。自分の話を聞いてくれたのは佐野先生だけだったって」

「そう……」

先生は俯き気味で、コーヒーに口をつける。そして「何か食べる？」とメニューを差し出されたが、私は何もいらないと断った。佐野先生に訊きたいことはたくさんある。聞いてほしいこともたくさんあった。しかしそれを切り出すのは勇気がいる。しばらく黙っていると、佐野先生はそんな私を見透かしたように話し出した。

「先生ね、もう別れたわよ、江藤先生とは。それが訊きたかったんでしょう？」

「え、でも結婚するって……。どうしてですか？」

「どうしてって、色々よ。本当に色々……」

「それは……」

葉月のことと関係がありますかと訊こうとしたが、踏み留まった。佐野先生が泣き出しそうな顔をしていたからだ。

「私が渡辺さんを殺してしまったのかもしれないわね……」

佐野先生は静かにそう呟くと、目元から小さな涙を零す。

「どういうことですか？」

私が恐る恐る訊くと、佐野先生は涙でいっぱいの瞳をこちらに向けてくる。そのまっすぐな目の奥には何か鋭いものが含まれている。そして、それは私に対するものではないような気がした。

「絶対に、口外しないって約束してくれる？」

佐野先生がどこか救いを求めるようにこちらに尋ねてくる。

私が「もちろんです」と答えると、先生は静かにこれまでの出来事を話し始めた。


佐野先生がキリスト教の授業で愛について語った日、江藤先生と葉月が交際しているという紫音の発言を、佐野先生は本気にはしていなかったらしい。

けれど、その日のうちに念のため江藤先生に直接訊いたようだ。もちろん江藤先生はそのことを否定した。葉月は部長で、顧問として部活終わりによく話し合うことがあったから、それで親密に見えていただけではないかと言う。佐野先生は江藤先生を信じ、葉月には事実確認をしないでいた。

ところが翌日から葉月が学園に来なくなった。佐野先生が心配して寮を訪ねると、葉月はすでに実家に帰ってしまっていたという。

佐野先生は、葉月が紫音の嘘の発言を真に受けて登校しづらくなってしまったんだろうと考え、葉月が学校に来なくなってから数日経った頃、彼女の実家を訪問した。先生は葉月の母親から、娘が何も話してくれなくて困っているけど、佐野先生と二人きりなら話してもいいと言っていると伝えられた。母親に案内されて葉月の部屋に入ると、部屋着姿の葉月が縮こまって座っていた。佐野先生は葉月と小さなテーブルを挟んで座った。

『渡辺さん、体調はどう？』

佐野先生が訊くと、葉月は首を縦に振った。

『そう、よかったわ。あんなことがあって学校に来づらい気持ちも分かるわ。でももうみんな小鳥遊さんが嘘をついてるって分かってる。安心して』

葉月は何も言わずにしばらく俯いていたが、再び口を開いた。

『先生は、本当に江藤先生と結婚するんですか？』

『ええ、そうだけど……』

それからしばらく沈黙が続いた。

『ねえ、どうしたの？　何か悩み事があるならなんでも言ってちょうだい。先生、誰にも言わないから』

それが教師としてできる精いっぱいのことだと思った。

『本当に誰にも言わない？　母にもよ』

葉月は佐野先生に訊いた。

『言わないわ。神様に誓って』

すると、葉月は机の中の引き出しから、何かを取り出して佐野先生に渡してきた。先生は、最初体温計かと思ったが、それは妊娠検査薬だった。陽性反応を示している。悪い予感がした。

『渡辺さん。これ、どういうこと？』

『小鳥遊さんの言ったとおりです』

葉月は幸せそうに微笑んでいた。それから佐野先生は全てを理解した。江藤先生と葉月が交際していたのは本当だったのだ。

『ここ最近、生理が来なくて、まさかとは思ってたので、ずっと何もしないでいました。だけど、あの授業の日の夜、思い切って検査したら、この反応で。私、どうすればいいのか分からなくて……』

このことを誰かに話したのか訊くと、葉月は『誰にも言っていない』『江藤先生にも言っていない』と言う。

『先生、私、産んでもいいですか……？』

『いいわけないじゃない。私は彼と結婚するのよ？　あなたが悪いんだから、自分で責任を取るしかないわ。親に頭を下げてお金を貰って堕《お》ろしなさい』

しかし葉月は、親に言うことはどうしてもできないと言った。親に知られるなら死んだほうがマシだと。

「私は気が狂いそうになりながら、なんとか渡辺さんの家をあとにした。帰り際、親御さんはまた来てくださいねと言って私に手を振ってたわ。そんな姿を見て、私は渡辺さんの両親に何も言えなかった。教師失格ね」

先生はここまで時間をかけて話すと、布地が擦り切れて破れかけている椅子の背もたれにぐったりしたように寄りかかった。

「それから数日間、渡辺さんから一日に何度も電話がかかってくるようになったわ。『佐野先生が江藤先生と別れないと、私は絶対に堕ろしません』って。ほとんど脅迫みたいだった。私はそのうちノイローゼになって『だったら勝手に産みなさい』って返すと、『別れないならこの子と一緒に死にます』って言うの。『じゃあ勝手に死ねばいい』、私は気づいたらそう渡辺さんに言っていたわ。そのとき、私は渡辺さんの身体のことよりも、彼のことよりも、自分の思い描いていた幸せの形を崩されてしまったことに憤りを感じていたの。今思えば、彼のことも本当の意味で愛してはいなかった。ただ、自分の理想を叶えるための道具としか思っていなかったのかもしれない。私が冷静になって親御さんも交えて一緒に話し合うことができていたら、何か変わっていたのかもしれないけれど……」

あの葉月がそんな行動を取っていたなんて驚きだったし、上手く想像もつかない。私はいつしか彼女に見せられた江藤先生とのツーショットを思い出す。

「江藤先生には何か訊いてみたんですか？」

私は思いきって佐野先生に訊くと、彼女は苦しそうに俯いたまま口を開いた。

「彼に、渡辺さんのお腹の中に新しい命があることを伝えると、そんなこと俺は知らない。身に覚えもない、バカにするなって。君の担任の生徒なんだから君が責任を持てって。私、もう話す気にもなれなくて。でも、だからといって教師に戻ることもできなかった。神様とか愛とか、そんなことを生徒の前で偉そうに話していた自分がバカみたいに思えたわ」

そう言って、先生が顔を上げる。もう流す涙もないかのように遠い目をしていた。ふと、コーヒーカップを弄《いじ》る先生のジャケットの袖から手首が見えた。そこには、リストカットのような細い切り傷がいくつかついている。どうして今、先生が私にここまで内情を話してくれたのか、分かった気がした。

「先生、先生はいなくなったらダメですよ！」

私が強い口調でそう言うと、先生は乾いた目をこちらに向けた。そこからはどんな感情も読み取ることができない。

「葉月が亡くなったのは、先生のせいじゃないと思います。小鳥遊さんがあの日何も言わなかったら、いや、そもそも江藤先生が、もっと言えば葉月だって悪かったはずです。それに、葉月の言ったことが本当かも分からないじゃないですか……」

しかし、先生は口角を強引に上げて引き攣《つ》ったように笑う。

「原田さん、優しいのね。金子さんが言ってたわ、原田さんが同じクラスに来てくれて良かったって。あの子も不器用なところがあるから、仲良くしてあげてね」

先生はそう言うと、伝票を手に取って席を立った。

「先生、ちょっと待ってください」

まだ訊きたいことはたくさんある。

「先生は学長のレッスンを受けたことはありますか？」

「ないわ」

佐野先生はテーブルの横に立ったまま、疲れた様子でこちらを見下ろした。

「学長の出している本を少し読んだことはあるけど」

その様子を見て、先生は本当に何も知らないのだろうなと思った。

「この前、合唱部で見たんです。その……レッスンの様子を。私、びっくりしちゃって。学長は先生が学園の生徒だった頃もあんなことをしていたんですか？」

先生は再び席に座り直してくれた。

「いいえ、そんなことはなかったわ。私がいた頃は中等部の学長に就任して間もない頃だったし、教育に関しての本をいくつも出したのは、私が卒業してからだわ。合唱部に本格的に関わり出したのは……、息子さんが亡くなってからかしら」

「息子さん？」

「そうよ。私は今年度から担任を任されたけど、去年も一応美術は教えていたの。だから知ってるわ。美術部で絵もすごく上手かった息子さんよ」

「私この前、小鳥遊さんの家に行ったんです。そうしたら男の子の部屋があって、表彰状がたくさん飾ってありました。そこには『海音』っていう名前が書かれていたんです。金子さんに訊いたら、小鳥遊さんの双子の兄だって」

「そう、海音くんね。跡取りとして周りからも期待されていたんだけど、それがプレッシャーになってしまったのかしらね」

先生は「もういいかしら」とテーブルに手をかけた。

「ちょっと待ってください。金子さんがこの前、小鳥遊さんの双子の兄は海外留学に行ってるって……」

そう言うと、佐野先生はあからさまに動揺し出した。

「そうね、そうだったわね」

「どういうことですか？　さっき亡くなったって言ったじゃないですか」

先生はそれから少し黙ったあと、諦めたように話し出した。

「生徒たちにはそう言ってるのよ。でも、教師はみんな知っていることなの。生徒には口外しないようにっていう学長の指示だったわ。学長は自分の大切な物はなんでも自分の近くに置きたがる人よ。大切な一人息子を留学なんてさせるわけがない」

「どうしてそんな嘘を？」

「良くない死に方をしたからよ。キリスト教で自死は罪とされているから。隠したかったんでしょうね。渡辺さんの件も、本当は学園側にも話が行っていたはずよ。だけど、誰も知らなかったでしょう？　転校したっていうことになっていたらしいわね」

葉月の転校の件もおそらく金子から聞いたのだろう。

「学長はね、息子さんにとても厳しかったの。なんでも一番が当たり前。美術部での彼の様子を見ていると辛そうなときもあったわ。作品一つ出すにもコンクールで受賞しないと怒られるって言ってた。でも彼には才能があったから、それは可能なことだったのよ。だからこそ、周りの期待値もどんどん上がっていったのね」

先生はここまで言うと小さく溜息をついた。

「学長は息子さんがいなくなってから、その熱を学園全体に、主に合唱部に向けるようになったのね。レッスンとか言い出したのも確かそのあたりからよ」

先生が帰りたそうな表情をしていることに気がついて、私は思い切って口を開いた。

「先生、この前、金子さんがみんなの前で私が死んだ元教頭の娘だって言ったんです。元教頭の娘だから復讐しに来たんだって、そしたらクラスのみんなが私のほうを怯えた顔をして見たんです。私、どういうことかさっぱり分からなくて」

「原田さん、もう失くなってしまったもののことばかり話すのはやめましょう。全てを知ることが生きる者にとって良いことだとは限らないのよ。むしろ、逆よ。知らないでいるほうが幸せに生きていけることもあるわ」

先生は今度こそ、会計に向かっていってしまった。私も急いであとを追いかけたが、先生はもう何も話す気はないようだ。

帰り際、「合唱祭、先生も来てくださいね」と言うと、先生は「寒いから風邪を引かないように」と微笑むだけで答えない。そしてもう一度振り返り「今日のことはくれぐれもみんなに言いふらさないようにね。さようなら」と念を押して去っていった。

20

気づけば合唱祭まで残り四日になっていた。合唱祭が目前に迫り、休日も返上してクラスみんなで練習している。

蓮見くんが停学処分になったこともあり、猫の騒動はいったん収まっていたが、金子も相変わらず姿を現さない。

佐野先生に言われた、『あの子も不器用なところがあるから、仲良くしてあげてね』という言葉はずっと頭に残っていたが、朝と昼、そして放課後の合唱練習で忙しくて、金子を心配する余裕はなかった。クラス内でも、金子や蓮見くんを気にかける者はまったくいなくなっている。

合唱の完成度はここに来て日に日に増している。こんな状況でもB組が優勝候補だと囁かれていたし、葉月に続いてクラスメイトが二人いなくなったところで、合唱に関しては何も問題がないように思えた。他のクラスメイトもそう思っているに違いない。

紫音とは相変わらず、事務的な話しかしなかったが、指揮と伴奏においては、前よりも格段に呼応できるようになっていた。佐野先生から、亡くなった双子の兄の存在を聞かされてから、彼女を見る目が変わったのも影響したのかもしれない。今まではただ周りを抑圧して、自分が上に立ちたいだけだと思っていたが、彼女には彼女なりの苦しみがある。何かに踊らされながらも、必死で食らいついているような健気《けなげ》さすら感じるようになっていた。


十二月二十二日。合唱祭まで残り三日。

いつもどおり、放課後の合唱練習を終えて校舎を出た。午後七時半も過ぎると、空はもう真っ暗だ。

少し前までは、部活動で決められた時間を過ぎると文句を言う生徒もいたが、合唱祭まで残りの日数も少ないため、もう誰も文句を言わなくなっている。

寒さも本格的になり、最近は青と黄色と赤のチェックのマフラーを巻いていた。私は十一月生まれだ。去年の誕生日に母から貰った物だった。今年の誕生日は誰からも祝ってもらうことができずに過ぎてしまった。だけど、クラスのみんなには誕生日を伝えていないし、母も、母親という役割を忘れるためには仕方のないことなのかもしれない。今日も母は家には帰ってこないだろうなと思いながら、アスファルトを踏みしめた。

いつもの坂道を登り、角を曲がろうとしたところで後ろから軽く肩を叩かれた。ギョッとして振り向くと、私服姿の金子が街灯に照らされていた。

「びっくりしたあ！」

私が身構えると、金子は「ごめん」と小さくなった。

「こうするしかなかったの」

紺色のコートの下に赤のセーターと色褪せたジーパンを穿いた金子は、普段よりも数段子どもっぽく見える。開いたコートの前からは、セーターに施されたクマの刺繍《ししゅう》が見えた。おそらく親の買ってきた物をそのまま着ているのだろう。

しかし、考えてみれば私だって大して変わらない。マフラーも靴下も、下着も、母が買ってきた物だった。私たちは、まだ小学校を卒業して二年しか経っていない、義務教育中の子どもなんだと思い知らされる。

「どうしたの？　金子さん」

以前、金子からは猫の事件で犯人扱いされている。そのときは心底頭に来たけど、そのあと葉月のことや佐野先生の話を聞いて怒る気も失せていた。

金子は落ち着きなく両手の指を絡めている。

「わ、私、原田さんに謝りたくて……」

そして次の瞬間、金子は冷たいアスファルトの上に両膝をついて正座の形になった。

「全部私が悪いの。原田さん、本当にごめんなさい。許して……ください」

そう言って額を地面に近づけた。

金子は土下座したまま、涙を流して何も話せない状態だった。

このままでは埒《らち》が明かないし、何より外は暗くて寒いため、どこか別の場所で話さないかと提案する。合唱部ではもっと遅くまで練習をすることもあったし、学園の門が閉まるまでまだ時間があるはずだったから、学園に戻るかと訊くと、金子はそれを頑なに拒む。なら私の家はどうかと提案すると、金子は親は大丈夫かと訊いてきた。今日はたぶん帰ってこないと伝えると、金子は私の提案を受け入れてくれた。

しかし、家までの道すがら、金子は一言も発しない。私は、この前佐野先生に会ったことを伝えようかと思ったけれど、余計なことまで話してしまいそうで黙って歩いた。


家に着くと、扉には鍵がかかっていなかった。

私は小声で「ただいま」と言って中に入ると、玄関に母の靴がある。リビングに入ると、母はまた部屋の整理をしているようだった。こちらに気がつくと、「あら、お友達？　いらっしゃい」と声をかけてくる。金子が「お邪魔します」と返すと母はにっこりと笑い「私はもう出るから、ごゆっくり」と言って、大きな紙袋を持って逃げるように玄関に向かった。

「ねえ、もしかして、それも燃やすつもり？」

私も玄関に行き母の背中に問いかけると、母はドアノブにかけた手を一瞬止めたが、黙ったまま扉を開けて出ていってしまった。

母はまた父との思い出の品を灰に変えてしまおうとしている。けれど、本当にそれでなかったことになんてできるのだろうか。悲しみは消えるのだろうか。

リビングに戻ると、金子に二人掛けのソファに座るように促す。冷蔵庫から、家政婦さんが買っておいてくれたペットボトルのジュースを取り出して、二つのグラスに注いだ。私は金子の隣に座りながら、グラスのひとつを彼女の前に差し出す。彼女はそれを一口飲むと、落ち着きを取り戻したようだった。

「お母さん、こんな時間からどこに出かけるの？」

一息ついて、金子は不思議そうに訊いてきた。

「分からない。習い事かな」

私は適当に誤魔化す。

そこでふと、テレビ台の上に飾ってあった家族写真が失くなっていることに気がついた。私が小学生の頃に工作で作った写真立てに入っていた物だ。あんな物まで母が持ち去ったのだと思うとやりきれない。

それから、金子はなかなか口を開かなかったが、少しして「今から正直に話すけど、怒らない？　友達でいてくれる？」と恐る恐る訊いてきた。私は「怒らないし、友達でいる」と即答した。本当のところは分からなかったけど、そうでも言わないと金子は黙ったままだと思ったのだ。

私の返答を受け、金子は電波の悪いラジオみたいに途切れ途切れに話し出した。

「先々週の日曜日の夕方頃、家にいたら突然電話があったの。お母さんに呼ばれて出たら、小鳥遊さんからだった。『今日の夜十時に、学園の中庭に来れないか？』って。どうしてか訊いたら『やっぱり今のままだと仕事量が多くて大変だから、副委員長の話を考え直そうと思っていて、それについて話がしたい』って言われたの。遅い時間に出かけるのは親が許さなそうだし、日曜は学園は閉鎖されてるはずだから、電話で話すのじゃダメかと訊いたけど、小鳥遊さんは『これは大事な話だから、対面で直接話したいし、日曜でも裏から入れる道を知ってるから』って。でも『やっぱりそんな夜遅くに危ないんじゃないか』って伝えたら、『来ないなら副委員長の話はなしだ』って言われたの。おかしいとは思ったんだけど、私、月曜日にみんなの前で副委員長に選ばれたって自分が紹介されているところを想像したら嬉しくって……」

紫音との電話のあと、金子は結局夜十時ぴったりに学園の校門の前に着いた。紫音はすでに来ていて、金子の姿を確認すると、「言ったとおり親に内緒でここまで来たか」と訊いてきたから、金子は「もちろん」と答えた。紫音は手持ちの小さな懐中電灯で辺りを照らしながら、慣れたように歩いていった。

二人は学園の裏側へと回り込んだ。そこはゴミ出しをするときに、何度かやってきたことのある場所だった。ゴミ置き場より少し奥まった場所に、子どもが通れるくらいの錆びたドアがあり、そこから学園の中に入ることができた。

「すごいね。こんな場所から入れるなんて！」

金子が興奮気味に言うと、紫音は静かにと注意した。日曜は寮生も原則実家に帰らされているため、学園は静まり返っていた。

紫音の懐中電灯を頼りに裏の扉から中庭へ辿り着くと、紫音は金子をベンチに座らせた。

金子はそこで本来の目的を思い出した。

「小鳥遊さん、副委員長の件だけど……」

「金子さん、その前に訊きたいことがある」

立ったままこちらに話しかける紫音は、いつもよりさらに威圧的に思えた。金子は怯えながら紫音の話の続きを待った。

「あの転校生に、本当に何も言ってない？」

金子は「何も言っていない」と答えた。「ただ、仲良くしているだけ」と。

「その証拠はある？」

そう紫音に訊き返され、金子は困ってしまった。

すると、紫音は金子の返答を待たず、おもむろにベンチの下に両手を入れると、何かを抱え込んだ。暗くてよく分からなかったが、毛皮のような物が光って見えた。紫音はそれをベンチの上に置くと、懐中電灯の明かりを向けた。

その瞬間、金子はギョッとして目を見開いた。それは学園で飼っている猫だった。いつも中庭で見るグレーの毛並みの美しい猫だ。しかし、様子がおかしかった。猫は両目を固く閉じ、ぐったりしているように見えた。紫音がライトを当てているのにピクリともせず、ベンチに置物のように転がっていた。金子がしばらく不思議がってその様子を眺めていると、紫音が口を開いた。

「この猫、死んでるのよ」

数学の公式を唱えているときと同じような口ぶりだった。

「どうして？」

金子は怯えながら訊いた。

「この前まであんなに元気だったのに……」

「餌に高等部の化学室から盗ってきた薬物を入れたの。それが効いたのね」

紫音はどこか満足げだった。

「そ、そんな……どうしてそんな酷いことするの？」

金子はベンチから立ち上がり、とっさに猫から離れた。今にも泣き出したい気持ちだった。

それから紫音は猫を両手で持ち上げると「ほら！」と金子の顔の前に勢い良く近づけた。

金子は短く悲鳴を上げて目を背けた。一刻も早く逃げ出してしまいたかったけれど、恐怖で身体が固まり動けなかった。

「そんなに怖い？　あなたは兎《うさぎ》を殺したくせに」

紫音は猫をベンチに再び横たえながら、責めるように金子に言った。

「今まで言わないであげてたけど、知ってるのよ。小学生のとき、本当は家族旅行に行ってて餌やりをサボっただけなんでしょ」

金子はゾッとした。誰にもバレてないと思っていたのに、紫音に知られていたとは。

小学五年生の夏休み、飼育委員だった金子は、夏休みに家族旅行に出かけていて兎の世話の当番をすっかり忘れていたことがあった。家族旅行から帰ったあと、そのことを思い出して急いで学校に向かったが、兎は年老いていたせいもあってすでに死んでいたのだ。

金子はこのままでは自分が責められると思い、慌ててその足で職員室に向かった。

『毎日世話をしていたんですけど……兎が動かないんです』

泣きながら訴える金子に、教師たちは表情を緩めた。

『もうおばあちゃんだったし、しょうがないわ。夏休み明けにみんなで兎のお葬式をしましょうね』

そう言って慰めてくれた。担任は金子の通知表に『命の尊さを知っている心優しい子です』と書いてくれたのだ。

紫音はそのことを指している。全てを知っていて、弱みを握り、どこかで使えると考えていたのかもしれない。それが今だと思ったのだろう。クラスで浮いた存在の金子は、これ以上みんなから白い目で見られたくなかった。三年前のことだけど今更言いふらされたくない。結果、金子は紫音の言うことには何でも従うしかないと決意した。

すると、紫音は地面に置いてあった何かを手に持った。小型の電動ノコギリだ。技術室で見たことがあるコードレスタイプの物だった。

紫音は何も言わずに、その電源を入れる。ブィィィンとスクーターが走り出すような音が響くと、紫音はなんの迷いもなく刃先を猫の前足に当てた。

金子は突然のことに声も出せないまま目を自分の手で覆った。猫の足の痛みが直に伝わってくるようだった。しかし、猫はすでに死んでいるから悲鳴を上げることはない。皮肉にも死んでいるということが唯一の救いだった。金子は恐怖でそのまましゃがみ込んだ。

しばらくすると音が止み、金子は手で覆っていた視界を少しずつ開放していった。猫の右前足は綺麗に失くなっていた。

「あなたが本当に原田さんに何も言っていないって誓えるなら、これを今から彼女の机の中か、下駄箱でも、とにかく本人が分かる所に隠しておいて。できないなら、兎のことも全部バラす」

紫音はそう言って、切り離された猫の右前足が入った透明の袋を差し出した。

兎のことは今でも夢に出てくるくらい罪悪感を持っていたし、親が悲しむ姿なんて見たくなかった。それに、小学部から一緒の人は今もたくさんいるから、またいじめられるかもしれない。それに断ったら、今の紫音に何をされるかも分からない。

切羽詰まった金子は、仕方なくそのビニール袋を受け取った。

紫音は、自分は猫の死体をチャペルに置いてくるから、十五分後にまたここで待ち合わせをしようと言った。ゴミ箱に猫の足を捨てたりしたら、猫を殺したのは金子だと言いふらすと迫ってくる。猫は、もともと紫音の家で飼っていたから、紫音が殺したと言っても誰も信じないことも目に見えている。金子は大人しく従うことにした。

金子はまず、二年B組の教室へと向かった。そして、紫音に言われたとおり、私の机の中にビニール袋を入れようとした。

しかし、そのとき金子の中にある考えが思い浮かんだ。右手の使えない蓮見の机の中にこれを入れれば、誰かが蓮見への嫌がらせのためにやったことだと思われ、この件は蓮見に対するからかい程度で片付けられるんじゃないかと思ったのだ。それならゴミ箱に捨てたわけじゃないから紫音との約束を破ったことにはならない。紫音には、自分はあくまでも透花の机に入れた、その後誰かが蓮見の机に入れ替えたのだと主張すればいい。紫音に言われた時間までもう残り五分もない。金子はその思いつきのまま、ビニール袋を蓮見の机の中に忍ばせた。彼女なりのささやかな抵抗だった。

翌日の月曜日、騒動で朝の礼拝が中止になり、クラスごとの話し合いが行われると、クラスメイトの一人が「金子さんと原田さんが中庭で、休み時間によくその猫と遊んでいるのを見た」と発言した。それに対し、金子はつい強く否定してしまった。それから、他の生徒が茶化し、「黒だな」と発言したとき、金子はふと紫音と目が合った。金子は、紫音の顔を見て自分がやったことにされるのではないかと思い、とっさに「原田さんがやったんだと思う」と言ってしまった。しかし、その後蓮見が自分がやったと言い出したのは予想外だった。

21

金子はここまで一気に話すと、再び私に頭を下げ、一緒に紫音へ仕返しに行こうと言い出した。時計は夜の九時過ぎを指している。この家に着いたのが八時過ぎだったから、金子は約一時間もかけて話していたことになる。

金子の話を聞いて、紫音は金子をいいように使って、私に宣戦布告しようとしたのかもしれないと思った。紫音はおそらく、母が彼女の家に入り浸っていることが気に入らないのだろう。どうしても母をあの家から追い出したい。そのために猫を殺した犯人に私を仕立てようとしたのだ。しかしそんな彼女の思惑は、金子の行動によって失敗に終わった。

「蓮見くんはきっと、原田さんを庇《かば》おうとしてくれたんだよ。まさか自分がやったなんて言い出すとは思わなかった」

金子は言い訳をするようにそう話す。私も同感だった。蓮見くんがどうして私のことを庇おうとしたのかは分からない。幼馴染みというだけでそこまでしてくれるだろうか。

ただ、それとは別にどうしても気になることがあった。

「ねえ、どうしてあのとき私が『学園に復讐しに来た』なんて言ったの？」

金子は分かりやすく焦った顔をして、突然「もうこんな時間。話し込んじゃった」と言い出した。佐野先生に同じようなことを訊いたときも、似たような反応だったのを思い出す。

「答えないと今日聞いたこと、全部みんなの前で言うから」

金子は「酷い」と言ったが私はそれでも引かなかった。今頼れるのは自分しかいない。自分でこの状況をどうにかしなくてはいけない。決意は固かった。この学園はめちゃくちゃだけど、父親の働いていた場所でもある。もし母の言うように、この学園に来たことが父からの導きなら、私がここにいる理由を知るまで逃げたらダメだ。父はこんなとき、逃げずに徹底的に戦うような人だった。

私の強気な態度に負けたのか、金子はしばらくすると「分かったよ。教えるから、パソコンはある？」と言った。金子は人に押されるとすぐに折れてしまう。紫音に丸め込まれるのも無理はない。

パソコンは確か父の物があったはずだ。私は久しぶりに父の書斎に足を運んだ。ところが部屋は、母が〝浄化〟したせいでもぬけの殻になっている。パソコンのあった机の上もまっさらになっていた。

私はリビングに戻り、金子にパソコンがないとダメなのかと訊くと、彼女はパソコンで見せたいものがあるのだと言う。金子の家にもパソコンはあるようだったが、こんな時間から家に人を呼んだら両親が怒ると言うのだ。

そこで、話し合いの結果、今から学園のコンピュータールームに行くのはどうかということになった。金子は、この時間でも紫音に教えられた裏口を覚えているから、そこから入ることができると自慢げだ。こんな状況でも得意げになってしまうのは、金子の良くないところだ。こんなとき、スマホがあればどんなに楽かと考えたが、今はある物でどうにかするしかない。

私たちは家を出て学園の裏口から校舎に潜入すると、三階のコンピュータールームへ向かった。電気を点けると寮生や近隣の人に怪しまれると考えて、家から持参した懐中電灯で廊下を照らしながら進んでいく。

コンピュータールームは音楽室や二年生の教室とも離れていたし、授業でも使う機会がなかったから入るのは初めてだった。一クラスの人数分ほどのパソコンがズラリと並ぶ中、金子はさっそく入口から近い一台の電源を入れ、検索エンジンに『小鳥遊自由学園中等部　合唱部』と打ち込む。そして、出てきた検索結果の中から五ページ先へ飛び、下から二番目のサイトをクリックした。そのサイトは生徒が作成したようで、簡易的なものだった。トップページには、『部員紹介』『コンクール受賞歴』『活動スケジュール』などが羅列してある。部員紹介のページでは五年ほど前からの歴代の部員が紹介されていた。

しかし、最新のページに私の名前はない。どうしてかと訊くと、一年に一度気づいた人が更新するくらいのもので、最近はこのサイトも忘れられつつあるという。

金子は部員紹介のページを閉じると、一番下の『掲示板』をクリックした。すると、ログイン画面が表示される。金子はそこに慣れた手つきでＩＤとパスワードを打ち込んだ。

「掲示板は共通のログインIDとパスを知ってる人だけ見れるようになってるの。別に公式のものでもないから、そこまで普及してるわけじゃない。まあ、最近はまったく更新されてないけど」

金子は卒業した先輩にこのサイトの存在を教えてもらったという。ログインした先には、『合唱部の心構え』だったり、『日誌』『筋トレ方法』などの項目が並び、『懺悔部屋』と書かれたスレッドがあった。金子はその中から『懺悔部屋』をクリックしてスクロールしていく。

そこには懺悔部屋に入れられた生徒の名前、理由、期間が写真付きで事務的に投稿されていた。

『二年B組　神崎菜緒　理由：腹筋の記録が部員で最低だったため　期間：9／20〜9／22』

添えられた写真は暗くてよく分からなかったが、おそらく懺悔部屋の中で両手首を縛られている女子生徒の姿を写したものだろう。今、二年B組にはこんな名前の生徒はいないから、おそらく数年前の卒業生に違いない。同じような投稿が一ページにつき、だいたい五件ほど投稿されている。

金子が最新のページに飛び、上から三つ目の投稿でスクロールしていた手を止めた。

「これ、去年アップされたものなんだけど」

そこには、『百周年の幻の生贄《いけにえ》』と書かれている。投稿写真は、他のものとは明らかに雰囲気が違っていた。写っている場所と薄暗さは同じだったが、それは顔全体に黒い覆面が被せられ、口元はガムテープで頑丈に塞がれていた。身体全体には白い布が巻かれている。期間などは書かれていないが、投稿日時は去年の六月十五日となっている。その日付に、私は胸騒ぎを覚える。

「百周年の生贄っていう、去年の六月半ば頃にやった儀式みたいなのがあって――」

私がその写真に見入っていると、金子は辿々《たどたど》しく説明し出した。

「私もね、本当に先輩から聞いただけで、実際にはよく知らないんだけど、ある日、懺悔部屋にこんな姿の男性が現れたんだって。私はその日、体調を崩してて、学園を休んでたからよく分からなかったけど、朝礼で学長が百周年を迎えるための生贄を用意したみたいなことを言ったみたい。それから、合唱部の先輩、今の高等部一年生を筆頭に、お腹を蹴ったり、火で体毛を燃やしたり、もう好き勝手されてたみたい。だけど、次の日にはその男性は消えていたの。だから幻の生贄……」

私は開いた口が塞がらなかった。こんなことを黙認している学園は犯罪集団じゃないか。

「でも、それから一ヶ月後、こんな書き込みがあって……」

金子がその投稿に付いている一つのコメントを表示する。

『これ、教頭だったと思う』

それを読んで、私は一瞬息を呑む。

「懺悔部屋は暗いし、素顔を確認した者がいたかは分からない。それにもちろんこのコメントはただの悪戯《いたずら》かもしれない。でも教頭、あなたのお父さんが亡くなった時期と重なってるって言う人がいて……」

不吉な投稿画面を見せつけながら、どこか得意げにそう説明する金子を、私は睨みつける。そんな私の険しい顔を見て、金子は焦ったのか急に早口になっていく。

「私だって信じているわけじゃない。そもそもこの写真が本当なのかも分からない。根拠のない、学園の七不思議みたいな感じだと思ってた。だから、原田さん、この話を重く受け止めないでほしいんだけど」

私は内心鼻で笑っていた。金子の見せてくれたものは妙に生々しかったが、まさかそれが自分の父親だなんて信じられなかった。さすがにこんなことが実際にあったとは思えない。趣味の悪いB級ホラー映画を観せつけられているような気分だ。

「それで、これ——」

金子が懺悔部屋とは別のスレッドへと移動して、投稿を見せた。

『速報！　二年B組の転校生、原田透花は逢沢教頭の娘!!』

このスレッドは他のものに比べて妙に盛り上がっていた。

『苗字違くないか？』『わざと変えてきてるんでしょ』『それ、どこ情報？』『学長室で今日話してたって担任が言ってた』『マジか。じゃあ復讐しに来たのか？笑』『この時期に絶対おかしいもんな』『近寄らないほうがいい。教頭の呪いかけられるぞ』

「誰が言い出したのかは分からないけど、原田さんがB組に転校してくる前から、この噂は広まってた。転校生なんてすごく珍しいから、みんなふざけて言ってるだけだと思ってたから、私も半信半疑だった」

金子が『復讐しに来た』と言ったときのクラスメイトの私を見る目。転校したときに感じた違和感の正体がやっと分かった気がした。こんな噂が出回っていたから、みんな私を怖がって話しかけずにいたのだろう。

「だけど、原田さんの口から、教頭の娘で苗字を変えてここに来たって聞いて、あのときは平気なフリをしていたけど、私内心すごく驚いてた。まさかあの掲示板のとおりに、呪いに来たのかとか、復讐しに来たのか、とか思って」

金子はその後、成績が下がったと言って私と距離を置き始めたのを思い出した。

「でもさ、今ならそのときの自分がバカだったたって分かる。なんの根拠もないことに踊らされて。原田さんは大切な友達なのに。本当にごめんなさい」

金子は心底申し訳なさそうに言った。私は金子のことを許すとか、許さないとかの前に、精神的に追い詰めて金子を支配しようとしていた紫音がバカバカしくて笑えてきそうだった。

「もういいから帰ろう」

私は金子にそう言ってコンピュータールームをあとにすると、懐中電灯で照らしながら階段を下っていく。一筋の光で照らされた年季の入った校舎の中で、私たちの足音だけが響いていた。私たちは自然と手を握り合った。

「ねえ、なんかお化け屋敷みたいだね」

金子が囁き、私も同じことを思っていたと二人で笑い合う。

ところが一階まで辿り着くと、金子がふと「ピアノの音が聞こえない？」と言い出した。しかし、耳を澄ませても私には分からない。

「音楽室で誰か弾いているのかもしれないよ」

私がふざけて言うと、金子は必要以上に怖がった。その様子が面白くて、私は嫌がる金子の袖を引っ張りながら音楽室に向かう廊下を歩いていく。

鍵がかかった音楽室の扉のガラス越しに、懐中電灯を向けて中を照らしてみたが、室内には案の定、誰もいなかった。安心する金子をからかいながら、私たちは学園をあとにした。

第六章

22

合唱祭前日。

朝十時からチャペルにて、全校生徒合同で合唱祭本番同様のリハーサルが行われた。二年B組の合唱は他のクラスと比べても完成度が高いという実感があった。これも練習の成果だろう。

「明日の本番、私たちは十一時頃に発表だから、皆さん今日よりも声が出ているんじゃないかと思います。もちろん優勝を狙って自信を持って挑みましょう」

全体リハーサルを終えて他のクラスが続々とチャペルをあとにする中、紫音がクラスメイトに向けて発言する。

「金子さんも蓮見くんも、どうせなら明日一緒に出れたら良かったのにね」

私はクラスが解散したあと、楽譜などを整理しながら紫音に聞こえるようにシレッと呟いてみる。しかし、彼女は何も言わないどころかこちらを見向きもしなかった。私は仕方なく、荷物をまとめて学校指定の鞄を肩にかけ、他の生徒に交じってチャペルの出口へと向かう。

しかしそこで、紫音に呼び止められた。

「原田さん、私たちはまだ帰れないのよ。これから指揮者と伴奏者は残ることになってるんだから」

そういえば、全体リハーサルの初めに学年主任がそんなことを言っていた。私は慌てて長椅子に着席する。

見渡すと、一年生から三年生までの指揮者と伴奏者が全部で三十名ほど集められていた。あれだけ人数がいて鮨詰め状態だったチャペルが一気に広々として見える。明日、外部の客が入ったらもっとすごいことになるのだろう。

そこに学長が現れた。中央に立ってマイクを持つと、生徒たちは長椅子から立ち上がる。

「ここにいる皆さんは指揮者、伴奏者として、この一年間よくクラスを引っ張っていただきました。ついに明日が合唱祭本番ですね。お疲れ様でした。今さら不要かもしれませんが、我が学園は合唱を教育の柱にしています。その集大成が明日です。だから明日はどのクラスよりも一番良い合唱をしようと、皆さんの中では闘志が燃えたぎっていることでしょう。本番には外部からも審査員が訪れ、厳選な審査が行われます。いくつか取材のカメラも入る予定です。くれぐれも悔いのないように全力を出し切ってください。そこで、思い出してほしいことがあります。皆さんは誰のために歌うのかということです。自分のクラスの勝利のためだけ、カメラの前で良い顔を見せるために歌っていては、合唱祭はきっとギスギスしたものになることでしょう。それでは教育どころではありません。そのような〝気〟は観客にも伝わるものです。明日は二階席も開放され、外部の観客もたくさん訪れます。そのほとんどが歴史ある小鳥遊自由学園を愛している方たちです。また、明日はただの合唱祭ではありません。創立百周年を祝う式典でもあります。ここにいる皆さんはそのことも踏まえて、ぜひ最後までクラスを引っ張っていってほしいと思います」

紫音が率先して、「はい!」と返事をすると、他の生徒も合わせて声を出した。全校生徒合同でも紫音の統率力には目を見張るものがある。逆に紫音を差し置いて学級委員をしていた葉月は異例だったのだろうと改めて感じた。

学長がチャペルをあとにしたのち、集められた指揮者と伴奏者もチャペルから出ていく。

しかし私は一人校舎ではない方向へ足を向ける。合唱祭を前に、確認しておかなければならないことがあった。

23

私がやってきたのは、学校から徒歩十分ほどの所にある蓮見総合病院だった。

病院は学園と連携していることもあって、紫音の家よりもさらに学園に近い距離にある。白くて大きな建物の入口には、石板に大きな文字で病院名が刻まれていた。

ここを訪ねてきた理由は停学中の蓮見くんのことが気になる気持ちもあったが、それだけではない。家族ぐるみで親交のあった蓮見くんの親に会って、なんとか母を元どおりにさせる手がかりを探したいと思ったからだ。合唱祭前のけじめでもあり、午後の授業がない今日はチャンスだと思ったのだ。

自動のガラス扉が開き、中に入ってすぐ足を止める。

父が倒れたという連絡を受けて学校帰りに急いでここにやってきたときも、病院特有のこの臭いを確かに嗅いだ。しかし、あの日のここでの記憶は頭の中で、摑めない雲が漂っているように曖昧《あいまい》だ。断片的に覚えているのは、臭い、母の泣き声、祈りを捧げる蓮見くん、それくらいだ。

私は急にこれ以上足を踏み入れるのが怖くなる。今までも用があって病院の付近を通ることがあっても、無意識に回り道をして避けていたのだ。

でも、ここは自分にとって最後の砦《とりで》なのだ。そう言い聞かせて、錘《おもり》の付いたような足を一歩一歩前へ進めていく。

平日の昼間だからか、院内に人は多くない。突然の訪問だったけど、これなら蓮見くんの親と話せる時間が貰えるかもしれない。

名前を言い、蓮見院長と個人的に話すことは可能かと訊くと、受付の若い女性は席を外し、少し時間を置いて戻ってくる。そして私に親しげな笑顔を向けた。

「院長は今の時間はちょうどお昼の休憩中なので、少しならぜひお話ししましょうと申しています」

私がお礼を述べると、今度は奥の部屋から白衣を着た母親と同じ歳くらいの女性が出てきた。私をエレベーターの中まで案内すると三階のボタンを押す。あの日、父が運ばれた病室は何階だっただろうか。ズラリと並ぶ番号のボタンを眺めたが、あのときはよほど動転していたのか、エレベーターに乗ったかすら覚えていない。

「小鳥遊自由学園の生徒さんですよね。たまにあなたみたいに、院長にお話を聞きにくる勉強熱心な子がいるんですよ。院長は忙しくて、だいたいは日を改めて来てもらうことが多いんだけど、今日はラッキーだったわね。あなたも医大を目指してるの？」

見当違いな質問を投げかけてくる看護師さんを適当にあしらいながら、三階に到着した。スライド式の扉が並ぶ広々とした真っ白な廊下を歩いていく。連携しているとはいえ、ここは綺麗で最新の設備が整っているように見える。古びた学園とは大違いだ。

院長室の前に案内されると、お喋りな看護師はやっといなくなった。私は一度扉の前で深呼吸する。意外にも、すんなりと院長と話ができることになってしまい、今になって緊張が押し寄せてくる。

ノックしてから思い切って扉を開くと、パソコンの前に座った院長が私に向かって微笑んでいた。

「透花ちゃん、久しぶり。よく来たね」

銀縁の眼鏡の奥で、細い目がさらに細くなって線のようになっている。蓮見院長は父が運ばれたときも会っていたはずだが、その日の印象はほとんどなくて、小学生のとき以来のような気分だった。

「お昼休憩をしてたんでちょうど良かったよ。一時には仕事に戻らないといけないんだけど、あと二十分くらいは話せるよ」

院長は来客用のソファに私を座らせた。院長の物腰は昔から柔らかで、気弱そうな細い身体は私が小学生の頃と変わっていない。父よりも年齢は少し上だったが、記憶が正しければまだ五十一、二歳のはずだ。しかし、あの頃よりも目元の皺は増え、頭には白い物が目立っている。明らかに実年齢より老け込んで見えた。

「お昼休みにいきなりすみません。今日は学校が早く終わったので」

「いや、いいんだよ。そうか、明日は合唱祭だものね」

蓮見院長は、手に持っていたマグを机に置くと、私の正面に同じように腰かけた。

「それにしても、色々大変だったね。今年の二学期から小鳥遊自由学園に通うことになったんでしょう。噂には聞いていたよ。耀と同じクラスなんだってね？」

「はい、そうなんです」

「前来たときよりも、院内が綺麗になっているでしょう。最近少しだけリニューアルをしてね」

院長は昔、けっこう無口だったはずなのに、私に口を挟む隙を与えないくらい口数が増えていた。ここに運ばれてきた父親を助けられなかった後ろめたさでもあるのだろうか。

「あの……」

私は思い切って、頭の中に準備してきた言葉を声にする。

「母はあれから、ここに来たことってありましたか？」

「逢沢さん？」

「あ、今は原田です」

「そうか、ごめんなさい。原田さんね。いいや、僕の知っている限りだと来ていないね」

何か手がかりがあればと思ったのに、期待外れの返答だった。

「今日はそれを訊きにきたのかい？」

私のガッカリした様子が伝わってしまったのだろうか。院長が訝しげに問いかける。

「最近、学長と母の仲がやたらと良くて、もしかしたら学園と連携しているこちらに一緒に来てたりしないかなと思ったんです」

「そうだったのか。何もできなくて申し訳ない」

院長が深々と頭を下げた。そこまで謝る必要はないのに。うっすらと重い空気が漂い、私はすぐに話題を変える。

「いいえ、それより蓮見くんは元気ですか？」

「小学生の頃は耀もよく話してくれたんだけど、中学に上がってからというものね……」

院長は切なそうに頭を掻いた。

「あの、手がね、こうなっちゃってからは特にね。あんまり話さなくなってしまったんだ。耀は帰ってきたらすぐに部屋に籠ってしまって、家でも顔を合わせないくらいだよ」

院長は右手の指をくっつけた状態にして自身の掌を眺めた。

「右手があぁなってしまった理由も話さないんだ。それでもとにかく、今のままじゃ不便だろうって、それくらいうちで治せるって何度も言ったんだけど、どういうわけか、それも聞かなくてね」

院長は切なそうに微笑んだ。

「医者の父親として、何もやらせてもらえないのも案外屈辱でね。恥ずかしながら、耀が何を考えているのか全然分からないんだ。最近は家にもいなくてね。逆に耀は学校ではどんな感じなのか教えてほしいくらいだよ。今日も一緒だったんだろう？」

その問いに、私は驚いた。

あれ以来、蓮見くんは学校に来ていない。停学処分となり、家で謹慎《きんしん》しているものとばかり思っていたからだ。

「家に、いないんですか？　蓮見くん、今は停学中でこの間から学校には来てませんけど……」

私は思わずそう漏らす。

すると、院長は息を呑み、心底驚いた様子で言った。

「停学って……。耀は何かしでかしたのか？　明日は合唱祭だろう？　どういうことだい？」

動揺する院長を前に少し申し訳ない気持ちになる。

「あの、何かしでかしたというか。でも蓮見くんは悪くないんです。これを話すと長くなってしまうので……」

「実は、耀が最近家に帰ってきてないって、妻から聞いたばかりだったんだよ。でも、耀は近くに住んでる長男の家によく遊びにいくことがあるから、今回もそうだろうと思っていたんだ。でも停学だなんて一言も聞いていなかったよ」

院長はそれからスマホを取り出して「すぐに戻ってくるから」と言って席を外す。そして予告どおり、二分も経たないうちに帰ってきた。

「今ね、長男に電話してみたんだけど、耀はここのところ遊びにきてないって。いったいどこに行ってるんだ……」

もともと青白い院長の肌は、より青白く見える。こうやって家に帰らないだけで、心配してくれる親がいるのは羨ましく思えた。

停学になったはずの蓮見くんが家にいない。学園にも来ていない。

そこでふと、ある考えが浮かんでくる。金子とあの日、夜の校舎で聞いたピアノの音はあの部屋からだったんじゃないか。金子に見せられたサイト内の懺悔部屋の写真の背景には古びたピアノが写っていた。途切れ途切れの予感がだんだんと確信となって繋がっていく。

ざわつく心を抑えながら壁の時計を見ると、十二時五十八分を指していた。院長の休憩はもうすぐ終わる。

「私、今から蓮見くんを捜してきましょうか？　ちょっと心当たりもあるし、学長なら何か知っているかもしれないって思うんです。ちょうど明日の準備で学園に戻るので」

気づいたらそう言っていた。

院長は私の言葉を聞いてありがたそうに頭を下げた。院長から直接学長に連絡できるが、あいにくこのあとどうしても外せない仕事があるという。何か分かったら電話してほしいと手元のメモ用紙に電話番号を書いて渡してくる。固定電話の番号だ。家には妻がいるからいつでも出られるということだった。

院長は仕事に戻るべく、真っ白な廊下を物思いに惚けながら歩いていく。途中、向かいから、父親と同じ歳くらいの男性が点滴を繋げながら手すりを伝って歩いてきた。亡くなるにしても急ではなく、まだ病弱な状態から付き添えていたらどんなに違っただろう。父の死はあまりに突然だった。私には、父が死に際にどんな顔をしていたのか、どんな気持ちでいたのか、誰を思っていたのか、何もかもが分からないままだ。父の死因に関して、脳の血管がどうとか、あのときは知らされたけど、結局それがどんなものかも曖昧なままだった。しかし、今それがはっきりしたって意味はない。どうしたって父はもう帰ってこないのだ。

24

まだ昼過ぎだから、学長はきっと学園にいるだろう。とっさに院長にあんなことを言ってしまったが、学長と面と向かって話すと思っただけで、頭がクラクラしてきそうだ。

でも、母のこともある。あの部屋の鍵もない。まず学長に話を訊きたいと思った。

空を見上げるといつの間にか厚い雲が垂れ込め、薄暗くなっている。そんな中を急いで学園へ足を運ぶと、校門では明日に向けて、実行委員の生徒三人ほどが飾り付けの最終調整をしていた。色とりどりの花と『第百回　小鳥遊自由学園中等部合唱祭』の看板が大々的に掲げられている。

それらを横目に学長室に向かう。午後の授業がないからか、途中で他の生徒に会うことはない。昼間の静かな学園は珍しかった。

学長室をノックすると、「はい」と学長とは異なる聞き覚えのある声が返事をする。私が扉を開けると、彼女は目を丸くしてこっちを見ていた。

「原田さん、どうしたのよ？」

そこには紫音がいた。紫音が作業している机の上には学園のパンフレットと明日のタイムテーブルのプリントをホチキスで留めた束が置かれている。この手伝いで残っていたのだろう。

「学長は……？」

「今は不在よ。何か用？」

「いえ、学長と直接話したいと思って」

「何よ。もしかして、また母親のこと？」

紫音が心底迷惑そうな目をこちらに向けた。

「違う」

「じゃあ何？」

「鍵を貸してもらいたいの」

学長に蓮見くんの居場所を確認しようと思っていたが、紫音がいるなら直接鍵を開けにいったほうが早いだろう。

「鍵？　なんの鍵よ」

彼女は険しい顔を向けている。

「ざ、懺悔部屋の、鍵――」

すると、彼女は溜息をついてこちらに近づいてくる。

「悪いけど持ってないわ」

「嘘。私、知ってる。金子さんがあなたに鍵を渡してた」

「だから持ってないって言ってるでしょう」

紫音は平静を保ちつつも、表情からは苛立ちと怒りが見え隠れしている。

「金子さんに何を吹き込まれたのか分からないけど、とにかく鍵は持っていません。それに、生徒はもう完全下校の時刻でしょ？　私は手伝いがあって残っていたけど」

紫音が、机の上の束を指さした。

「閉じ込められているかもしれない人がいるの。助けてあげたくて」

「言っていることがよく分からないわ」

確かに、蓮見くんが懺悔部屋に入れられているかはまだ可能性でしかないけれど、紫音があの部屋に関わっていることは間違いない。彼女の突き放すような言い方に頭に血が昇ってくるのが分かった。

「ねえ、猫のことも知ってるの。あなたのせいで蓮見くんが濡れ衣《ぎぬ》を着せられてる。鍵を渡さないならそのこともバラすよ」

「は？　あの人は自分で言ったのよ。僕がやりましたって。聞いてたでしょう？」

「金子さんから聞いたわ、全部」

「そう……。だから何？　証拠は？」

私は彼女の挑発的な視線を払うように窓の外に目をやる。

学長室の窓からは、ちょうど中庭が見える。猫のいなくなった中庭は、前と何も変わらないのに、寂しげに広がっていた。

ふと、中庭を挟んで斜め右のほうの窓に、学長の姿が見えた。音楽室の近くだ。もしかしたら、懺悔部屋から出てきたところかもしれない。やっぱり蓮見くんはあの場所に閉じ込められているのだろうか。学長があの部屋とどこまで関わっているか分からないが、紫音が部屋を管理しているくらいだから出入りしていてもおかしくない。

私は学長室から飛び出した。後ろから声をかけてくる紫音のことは気にしない。今この機会を逃したら、何もかもがはっきりしないまま蓮見くんなしで合唱祭が行われてしまう。蓮見くんがどうして嘘までついて、罪を被ったのか、どうして私を庇おうとしたのか、その理由が知りたかった。


「原田さん！　驚いたな。下校時刻は過ぎているのに、どうしたんですか？」

突然目の前に現れた私の姿に、学長は目を見張った。右手にはおそらく懺悔部屋のものであろう鍵を持っている。

後ろを振り返ったが、紫音の姿は見当たらなかった。やはり、学長の前で騒ぎを起こすことを相当に怖がっているのだろう。

私はこの機会を逃すまいと、勢い込んで学長に詰め寄った。

「学長、この部屋で何をしていたんですか？」

私は懺悔部屋を指さした。

「ああ、片付けをしていたんだ。もう用は済んだから帰るところだよ」

学長は何食わぬ顔をして言う。

「本当にそれだけですか？」

「そうだよ。原田さん、何を疑っているんだい？」

学長はうっすらと笑みを浮かべている。

「もういいです。自分で確かめます。鍵を貸してください」

「申し訳ないけれど、この部屋はね、基本的に生徒の立ち入りは禁止なんだよ。学園に代々伝わる貴重な物が保存されているからね」

学長はそう言うと、手に持っていた鍵をジャケットに仕舞う。

それでも私は怯まず、考えていることをそのまま告げた。

「蓮見くんが、その中にいるんじゃないですか？」

「何を言っているんだ？」

蓮見くんという言葉を聞いて、学長は少し動揺したように見える。

「私、今日蓮見総合病院に行ったんです。院長に訊いたら、蓮見くんは今、家にも帰っていないらしいんです。停学中で、自宅待機だったんじゃないんですか？」

「ああ、院長さんと話したのか。それなら大丈夫だよ。私のほうから後ほど連絡を入れておく。とにかく心配はいらない」

「蓮見くんは何も悪くないんです。蓮見くんはこの部屋にいるんでしょう？」

私は力任せに懺悔部屋の扉をこじ開けようとした。

すると、学長が懺悔部屋の扉を大きな音を立てて叩いた。穏やかな学長らしからぬ荒々しい動きだ。

私は反射的に扉から離れる。

「原田さん、君はお母さんにそっくりだね」

学長がいつもの微笑みを浮かべながらこちらに語りかけた。

「お淑《しと》やかそうに見えて、本当はとても気が強い。自分では分からないだろうね。でも、僕から見たら本当によく似ているよ」

その笑みに隠された彼の狂気に、私は恐怖で身を竦めた。

「原田さん、君はお母さんのことをどれだけ知っている？　生まれてから今まで育ててもらった母親のことを」

学長はこちらにもう一歩近づいてきた。

「君のお母さんから、レッスンの一環で洗いざらい過去の話を聞いたよ。君が生まれる前のこともね」

いつの間にか、学長の圧から逃れるように、壁際に後退《あとずさ》りしている。それに気づいて、私はどうにか踏み留まった。もうレッスンの話など聞きたくもない。

「そ、それと蓮見くんのこととどんな関係があるって言うんですか？」

「原田さん、君はお母さんの両親の顔を思い出せないくらい疎遠でしょう。どうしてか分かるかい？」

学長は怖いものなど何もないような目でこちらをまっすぐ見つめている。

「もしかしたら、亡くなっているのと聞かされているかもしれないね。しかし、お母さんの両親は健在だよ。では、どうして会えないのか？　それはお母さんが両親から勘当《かんどう》されているからなんだ。お母さんの実家は静岡にある有名なお寺だった。父親は厳格な人で、幼い頃からテレビすら観させてもらえなかったし、欲しい物もろくに与えてもらえなかった。彼女にとって唯一の楽しみは、小学校に入る前から始めていた習い事のピアノだった。そこで君のお母さんは中学に上がる前、音楽教育に力を入れている小鳥遊自由学園への入学を切望したんだ。だけど、理由はそれだけじゃない。東京の私立校であること、寮があることも魅力的だった。とにかく、彼女は実家から抜け出して自由になりたかった。しかし、もちろん寺の一人娘でありながらキリスト教思想に基づいている学園へ入学することに両親は猛反対した。ところが、仲良くしていた叔母さんが背中を押してくれたことや、中学を出たらキリスト教とは縁を切るという約束でどうにか強行突破することに成功した。寮は、今とは違って審査が緩《ゆる》かったからクリスチャンでなくても入ることができたんだ」

母の実家が静岡にあることはうっすらと聞いたことがあったが、行ったことはなかったし、ましてや寺だなんて初耳だった。

「しかし、そんな約束をしたにもかかわらず、お母さんはそれから、入学当初は興味のなかったキリスト教にのめり込んでいった。イエス・キリストは自分にとって、堅苦しい思想を持った実の両親よりも、本当の父のように思えた。お母さんは中学を卒業すると、両親との約束を破り、学園の高校への進学を熱望するようになった。両親はもちろん大反対した。両親からはついに、高等部まで小鳥遊自由学園に進むなら学費を払わないと言われた。それでも君のお母さんは静岡に戻る気はなかった。学費のことを叔母さんに相談すると、大人になってから返してくれればいいという理由で払ってくれた。だが、それからというもの、両親とは実質絶縁状態になってしまった。それでも寂しさは感じなかった。イエス・キリストから無償の愛を貰っていたからね。まだ話の続きが気になるかい？」

私が「はい」と答えると、学長は少し歩こうと言い、学長室までの廊下をゆっくりと歩き出した。

「お母さんは高校を卒業すると、音楽科のある国立大学に入学し、そこで同じくクリスチャンである逢沢史人くんと出会う。次第に、彼女の中でキリストよりも彼の存在が大きくなっていき、身も心も委ねるようになっていった。彼女にとって、彼は初めて異性として触れ合った人だった。そのうち二人は結婚の約束を交わした。しかし、彼はお母さんに、結婚するならピアニストの夢は諦めて専業主婦になってほしいと望んだ。共働きの両親を持ち、寂しい幼少期を送った彼は、自分の子どもに同じ思いをさせたくないと思っていたからだ。彼女はそのことをすぐには受け入れられなかった。彼女はパートナーは必要としていたけど、家族、親子というものには抵抗があった。ただ、彼は子どもは一人だけでも構わないからと引かなかった。無理ならこの先一緒にはいられない、と。彼女はピアニストの夢を諦めたくなかったけれど、それ以上にどうしても彼と離れたくなかった。その頃、彼女の頼りは彼だけになっていたんだ。両親とは相変わらず絶縁状態だったし、叔母さんとは連絡が取れなくなってしまっていた。そこで彼の言うとおり、ピアニストを諦め、彼が望んだから子どもを一人作った。つまり君だね。君が大きくなってから、彼の提案どおりピアノ教室を開いて、それなりに幸せにやっていた」

学長はそこまで話すと、足を止めて窓から中庭を眺めた。まだ昼過ぎのはずなのに、そこから見える景色はどんよりと翳っている。

「降りそうだね」

学長がそう呟きこちらに目を向けたが、私は何も言わなかった。

「お父さんが亡くなってから、君のお母さんは人生の指針を見失ってしまった。自分がいったい何者なのか、残された娘のことさえ、どう扱っていいのか分からなくなった。そして、気がつけば自分の達成し得なかったことを娘に押し付けるようになっていた」

そこで、学長はわざとらしく咳払いをした。

「話が長くなってしまったけれど、つまりね、原田さん。簡単に言うと、君はお母さんにとって望んでない命だったということだよ。君の母親はね、君に自分の歩みたかった人生を奪われてしまったと心の中でずっと思っていたんだ」

母は学長の下で、私のことも自分の〝穢れ〟として、亡くなった父の思い出と一緒に捨てようとしている。その残酷な事実は、今までの母の言動と合致していた。

視界が霞み、学長の発する声がだんだんと遠のいていく。それからなんとか学園の外へ出たが、いったいどこへ向かえばいいのか分からなかった。

佐野先生の言うとおりなのかもしれない。本当のことなんて知らないでいるほうが幸せに生きていける。

曇天《どんてん》が重くのしかかってくる。私はしばらく霧のような雨に降られながら、自宅とは反対方向にフラフラと当てもなく歩いた。

25

「ねえ、ちょっと……ちょっと待ちなさいよ」

しばらくして、微かに聞こえる声に振り向くと、そこには紫音がいた。急いで着てきたのだろうか。紺色のダッフルコートの前のボタンが、彼女には珍しく掛け違えになっている。

「どうしてよ!?」

紫音が険しい顔で問いかける。

「どうして、猫のことを言わなかったのよ。全部知ってるなら、私が犯人だってバラせばよかったじゃない」

私は彼女の言葉に立ち止まる気にもなれなかった。猫も、蓮見くんのことも、もうどうでもいい気がした。

「これじゃ、何の意味もないじゃない！」

紫音は先ほどの学長との会話を隠れて聞いていたのだろうか。私は後ろから迫ってくる紫音の声を振り切るように足取りを早める。

「苦しいのは自分だけだって思ってんじゃないわよ！」

紫音が大きな声を出した。彼女の言葉の意味が分からず、足を止める。

「猫がいなくなれば、あんたが殺したことになれば、邪魔なあんたが消えれば、あんたの母親も一緒に消えて、父はまた私のことを見てくれると思ったのに！」

「そんなに私のせいにしたいなら、私がやったんだって自分で言えばよかったじゃない。実の父親でしょ？」

学長に話をしにいったのは、そもそも濡れ衣を被らされた蓮見くんを助けるためだった。彼女のためではない。

「父は私の話なんて聞いてくれない。私のことよりも、今はあなたの母親のことで頭がいっぱいだから。父は私に対して何の興味も持っていない。私がどれだけ頑張っても、私は認められることなんてないのよ……」

紫音の悲しそうな顔は初めて見た。彼女が金子を脅してまでも猫殺しの犯人に私を仕立てたかった目的は、ただ父親の目を自分に向けさせたかったからなのだ。皮肉にも、そんな紫音の気持ちが痛いほどよく分かった。

彼女の本音をやっと垣間見れたような気がした。彼女が学級委員や指揮者に立候補する本当の目的は、高等部に進学するためでも、ましてやクラスに貢献するためでもない。父親に自分のことを見てほしかったからなのだろう。赤ん坊が母親に構ってもらいたくて泣くのと一緒だ。しかし、今は他人の親子の話なんて聞きたくもない。私は、さらに足を早め、紫音との距離を空けていった。

「あと、一つ言っておくわ。父はあなたの母親を愛してなんかいない。私の母親は、小学生の頃から別々に暮らしているけれど、ピアノ奏者だったの。父は、あなたの母親にその面影を重ねているだけよ」

私は紫音を無視し続け、通りの角を曲がった。その瞬間、彼女の手が私の制服の袖を摑む。そして彼女の冷たい手が、私の右掌にさらにひんやりとした何かを握らせてくる。見ると、それは鍵だった。音楽室の鍵より一回り小さく、ストラップは何もついていない裸の状態だ。何の鍵なのかは容易に想像がつく。しかしその鍵はさっき学長が持っていたはずだ。そんな私の疑問を見透かしたように紫音が口を開く。私は彼女をまじまじと見つめた。

「さっき、持っていないって言ったのは本当よ。これは私がずっと管理しているものではないの」

紫音はそう言うと、何も隠すものはないというように両掌を開いてこちらに向けた。

「あの部屋の鍵は一つしかない。さっき父が引き出しに戻したのを急いで持ち出してきたのよ。父はいつもこれを学長室の引き出しの奥に隠しているの。誰にも盗られないように。もちろん、私にも」

私は紫音と掌の鍵を交互に見る。

「きっと、あの部屋のことも金子さんから聞いているんでしょう？」

私が微かに頭を下げると、紫音は溜息をついて説明してくれた。

懺悔部屋を最初に始めたのは学長であること。そこに、兄の海音が成績が悪いという理由でよく閉じ込められていた。中で何が行われているかは分からなかった。海音も紫音も父に逆らうことはできなかった。

兄がいなくなってから、代わりに彼女も懺悔部屋に入れられることが増えた。

当時の合唱部の部長に懺悔部屋の存在を話すと、彼は意外にも楽しそうに部屋を利用するようになり、罰ゲームのように部員を閉じ込めるようになった。そして、それはいつの間にか合唱部の慣例のようになっていった……

「私が鍵を持ち出していることは、きっと父も薄々は気づいているはずよ。何も知らないわけはないわ。だけど、これだけ持ち出しているのに父は何も言ってこない。本当は気づいているはずなのに。つまり、懺悔部屋のことは学園に黙認されているのよ」

やっぱりこの学園は狂ってる。私はさらに肌寒さを感じた。気がつくと霧のような雨はブレザーに染み込んでいる。空は深みを増し、夜を迎える準備を始めていた。

紫音が俯き加減で、ローファーのつま先をアスファルトの上で擦った。ジャリッという無機質な音が私たちの間に響く。

「私たちはよく似てる。つまりは親から望まれていない命同士だったってわけね」

違う。一緒にしないで。私は今までずっと愛されて育ってきた。そう言おうと息を吸っても、冬の乾いた空気は喉の奥でつっかえるばかりだった。

「だから、この鍵は私からのささやかな報酬よ。望まれていない命同士、お互い強く生きていきましょう」

紫音がこちらをまっすぐ見つめて言う。その目が澄み切っているのか、濁っているのかは分からなかった。

私は手の中の鍵の感触を確かめた。蓮見くんがどこで何をしているのかは分からなかったけれど、彼に償うべき罪などないのだ。このまま自分が何もしないなんて、いくらなんでも無責任だ。

完全下校時刻は過ぎているが、まだ陽は完全には落ちていない。生徒は残っていなくても教師たちは残っているだろう。今から急いで行けば、学園に入ることはできるはずだ。

私は来た方向に身体を向け直し、紫音を追い越して学園に向かって走っていく。途中一度、後ろを振り返ったが、彼女はついては来ずに、何やら電話をしているようだった。学園で禁止されているスマホを持っているのは少し驚きだ。でも、学長の娘として学園内で特別扱いされている彼女ならありえるだろう。

私は前を向き、無心で学園へ走っていく。身体を動かしているうちに、冷えていた身体は徐々に温かさを取り戻していった。

飾り付けの完成された校門はまだ閉められていなかった。誰かに見られていないか注意しながら、乱れた呼吸を整えて校門を潜り抜ける。

校舎に入り、いつものように下駄箱で上履きに履き替えようと思ったが、その手を止めた。明日は大々的な行事だし、校舎の見回りをされて、私が学校にいることに気づかれるかもしれない。私は上履きを元の場所に戻すと、廊下に靴跡がつかないように、靴を脱いで手に持った。

職員室方向からは、静かだけどまだ教師たちが残っている気配が漂っている。蓮見くんが仮にあの部屋の中にいたとして、その後どう動くべきかはまだ考えていないけれど、とにかく紫音から貰った鍵で懺悔部屋の中を確認しなければいけない。

私は何度か振り返り、誰にも見られていないことを確認しながら、職員室とは逆方向の音楽室に慎重に近づいていく。今の状況を誰かに問い質《ただ》されても、上手く説明することができない。仮に、ピアノの練習をしにきたと言っても帰されてしまうだろう。

懺悔部屋の前に辿り着くと、ブレザーのポケットから鍵を取り出し、迷いなく鍵穴へ差し込んだ。老朽化したドアが軋む音がして扉が開く。

鍵穴から鍵を引き抜き、再びポケットに忍ばせた。紫音は鍵は一つしかないと言っていた。失くさないようにしなければいけない。

中は暗いので奥まで入らないと上手く確認できない。私は屈み、不安定な足元を廊下から射し込む光で何とか確認しながら、半地下へと続く階段を一段ずつゆっくり下りていく。

そのとき、奥でガサッと何かが動く音がした。やっぱり蓮見くんはここに閉じ込められている。

そう確信して蓮見くんの名前を呼ぼうとしたその瞬間、強い力に背中を押された。

その衝撃で手にしていた靴が半地下へ転げ落ちていく。その靴のあとを追うように、私の身体もバランスを失って暗闇に吸い込まれていった。

第七章

26

押されるがまま、半地下にうつ伏せで倒れ込んだ。両腕で顔をとっさに庇うことができたのは不幸中の幸いだ。階段の段差に打ち付けられた身体の前面が少し痛んだけど、大したことはないだろう。

体勢を整えながら恐る恐る両腕から顔を離していくと、真っ暗な中に仄《ほの》かな明かりが見えた。何とか立ち上がり、光のほうに近づいていく。と、体育座りの蓮見くんが怯えた顔をして、小さな懐中電灯の明かりをこちらに向けていた。私は驚いて小さく悲鳴を上げる。

「原田さん……？」

蓮見くんの声が聞こえる。私はもともと彼を助けるために学校に来たのだ。

「蓮見くん！　やっぱりここにいたんだ！　大丈夫？」

「え？　大丈夫だけど」

私の驚きとは裏腹に、蓮見くんは不思議そうな顔をする。彼の様子は想像していたものと異なっていた。見慣れたブレザー姿の彼は、縛られているわけでも傷を負っているわけでもない。近くには読みかけの本が伏せられていた。

「だって。学長に閉じ込められているんでしょう？　身体は平気？」

自分の置かれた状況を理解していないかのような彼に、私はここまでの経緯を手短に説明した。猫の件は紫音が犯人で、それに加担した金子のせいで蓮見くんはこんな目に遭ってしまっていること。さっき紫音に鍵を貰ってここまで来たこと。

蓮見くんはその間、特に興味がなさそうに軽い相槌を打つばかりだった。

「それで今、この部屋の扉を開けたら背中を誰かに強く押されたんだけど……。とにかく早くここから出よう」

私は階段を上がって閉じられた扉を開けようとしたが、扉はビクともしなかった。

「あれ……」

掌にうっすらと汗が滲んでいくのを感じる。鍵は扉を開けた際に、鍵穴から抜いてすぐポケットに仕舞っている。手を入れると冷たい感触があった。

「外から鍵をかけられてしまったみたいだね」

「でも鍵はここに……ほら」

私はポケットから、紫音に貰った鍵を取り出した。

この部屋の鍵は、一つしかないと紫音が言っていたのは嘘だったのだろうか。

「他にも鍵があるのかもしれないね……」

「ねえ、どうしてさっきからそんなに冷静なの？　何も悪いことなんてしてないのに、こんな所に閉じ込められて、悔しくないの？　助けにきたのに」

　私は、終始他人事のような彼の態度に苛立ちを覚えずにはいられなかった。

「だって、ここにいてもご飯だって持ってきてもらえるし、床の上だけど、ちゃんと寝れるし、一日に何度かトイレにも行かせてもらえる。実際、そんなに酷いことをされているわけではないんだ」

「だけど、何もしていないのに、こんな真っ暗な部屋に閉じ込められる理由なんてないでしょう？　さっき、学長がこの部屋から出てくるのを見たよ。学長とはここで何をしていたの？」

　蓮見くんはそれに対して何も答えずに、読みかけの本のページを懐中電灯で熱心に照らしている。左手だけで器用にページを捲《めく》り続けていた。彼が読んでいるのはキリスト教の起源についての古い本のようだ。部屋全体を見回してみると、ここにはそんな類《たぐい》の本が多く積み上げられている。

　そのさらに奥のほうに古びたピアノを見つけた。金子に見せられたサイトに載っていた写真と同じだろう。天板は開かれていた。

「明日の夕方、学長がまたここを訪ねてくる。そのときに原田さんはこの場所から出たらいいよ」

　蓮見くんは本から目を離さずに呟いた。

「ちょっと待って！　明日の夕方って、合唱祭終わってるじゃない」

「そうだね。明日はバタバタして、もしかしたらいつもの時間に学長は来ないかもしれない。だけど、遅くても夜までにはここに来るはずだよ」

合唱祭に出られないなんて想定外のことだった。もともと、母のために伴奏を頑張っていたけど、今では母のことも関係なく、最後まで伴奏をやり切りたいという思いが強くなっている。葉月の無念を晴らすためにもだ。突然の事態に頭に血が昇り始める。

「私は合唱祭に出たい。どうにかして、今日中にここから出ないと……」

すると蓮見くんは懐中電灯で、床に転がっている埃塗《まみ》れの壁掛け時計を照らした。時刻は午後四時過ぎを示している。ここまでの時間を考えると、どうやら狂っていないようだ。

「合唱祭は諦めたほうがいいかもね。ここは内側から絶対に開かない造りになってるんだ。それに今の時間だと、音楽室を使う生徒はいないだろうし、ここは防音壁になっているから、どんなに大きな声を出しても職員室までは届かない。そもそも、もう残っている教師はいないんじゃないかな。それに明日は基本的にはチャペルに人が集まる。校舎に入ってくる人間はいないはずだ」

私は愕然《がくぜん》として、階段の一番下の段に座り込んだ。

私の背中を押したのはいったい誰だったんだろう。ここに入る前、入念に誰もいないことを確認した。誰かが隠れて私のことを待ち構えていたのだろうか。私が今日この場所を訪れることを知っていたのは紫音だけだ。けれど、彼女は私のことを追いかけてこなかったし、あの瞬間、背中に感じた大きな手は男性のものとしか思えない。沸々《ふつふつ》と疑念が湧いてくる。

「私がここに入ってきたとき、誰か後ろに見えなかった？」

「どうだろう……突然のことだったから」

蓮見くんの視線はまだ本のほうに向いていた。彼は協力する気がなさそうだし、頼りにならない。

私は立ち上がって、扉を何度か力任せに叩いてみる。しかし扉は思っていたよりも分厚いようで、音は内に籠ってしまった。

「助けてください！！！」

さらにそう叫んでみたが、何も反応はない。

「原田さんはそんなに合唱祭に出たいんだね」

蓮見くんが顔を上げて珍しい生き物を見るように言った。私は振り返って彼を見る。どうしてこんなに落ち着いていられるのだろう。

「ここから出たくないの？　猫を殺したのは小鳥遊さんなのよ。それとも本当は蓮見くんがやったの？」

思ってもいないことだったが、私は勢いに任せて訊いてみた。

「いや、僕は何もしていない」

「じゃあ、どうしてあんなこと言ったの？　『僕がやった』なんて……」

「そう言ったほうがいいと思ったからだよ」

蓮見くんはそう呟き、再び本に視線を落としながら言った。

「原田さんには申し訳ないけど、僕は特にここから出たいとは思ってないんだ。僕はここに入れられて当然の人間だから」

「どういうこと？」

「なんていうか、こういう場所にいたほうが安心するんだ」

蓮見くんの右手は床の上にダラリと置かれている。彼は、父親が手術で治せると言ったのに、それを自らの意思で断って右手が不自由なまま生きる選択をしたのだ。

私は、彼のそんな気持ちは到底理解できそうになかった。こんな暗くて寒い場所なんか、早く抜け出して自由になりたい。たとえ、私が望まれない命だったとしても。帰る場所なんてないとしてもだ。

「今日、蓮見くんのお父さんに会いにいったの。学校に来ていないって言ったら、すごく心配してたよ」

そう言った次の瞬間、彼は本から顔を上げると、私の顔に懐中電灯をまっすぐに向けた。暗闇に目が慣れていたせいか、その光はとても眩しい。

「ちょっと、いきなりやめてよ」

「なんでそんな余計なことしたんだよ！」

蓮見くんの高くて鋭い声が響く。彼は眉を吊り上げ、その顔には露骨に嫌悪感が漂っている。

普段の彼からは想像もつかない表情だった。

「だって、猫の話し合いのときに私が犯人にされそうになってたところを、蓮見くんが庇ってくれたから。もしそれで、蓮見くんが停学になったなら申し訳ないなって、謝りにいこうと思ったの。ほら、院長とは昔からの付き合いだし」

蓮見くんはそれでも不服そうな表情を変えなかった。

「何か勘違いしてないかな」

蓮見くんは私に向けていた懐中電灯を少しずつ床のほうへ逸らしていく。

「あれは別に、原田さんを助けようとか、そういうことで言ったわけじゃない。僕にとっては猫殺しでもなんでも、特に大したことではない。僕はとにかくここに入る理由が欲しかっただけだ」

「ここに入る理由？」

「僕はたぶん、苦しいとかそういう感覚が麻痺《まひ》してしまっているんだ」

蓮見くんの言葉の意味がさっぱり理解できない。それでも、私は続けて言った。

「……とにかくさ、蓮見くんにとっては大したことではなくても、お父さんはとても心配してたよ」

「そんなこと知るか。あの人は父親でもなんでもない」

私は、それを聞いて涙が出そうになった。母親が家に帰らなくなってから、私が心配していても、そんな思いはこちらからの一方的なものでしかなくて、母も彼のように思っていたに違いない。母は、とにかく私のことを鬱陶《うっとう》しく思っていたのだ。

私たちはそれからしばらく沈黙した。

気がつくと、ここに来たときより暗い中でも周りの物が鮮明に見えるようになっていた。光が射さない場所でも、人はある程度は生きていけるようになっているのかもしれない。

私は、階段から腰を上げると、蓮見くんに懐中電灯を貸してもらい、奥にある木製の古びたピアノに近づく。音楽室にあるクラシックピアノの半分くらいの大きさで、傍には同じく木製の小さな椅子が置いてある。ピアノの上に懐中電灯を置いて、そっと鍵盤に触れてみたが、そこは埃を被っていないようだった。やはりあの日のピアノの音は蓮見くんがここで弾いていたのだろう。Gの音を人差し指で押さえると、ズーンとした音が空間に染み渡るように響く。かなり古びているが、案外音はしっかりしているようだ。

「蓮見くんはまたピアノをやりたいと思わないの？」

何に対しても興味がなさそうな蓮見くんだが、葉月の代わりの伴奏者についてクラスで話し合った帰り道に『伴奏者をやらないのか』と私に訊いてきたことや、金子が聞いた懺悔部屋からのピアノの音から、彼がまだピアノに対する情熱を失っていないのかもと思えた。

しかし、蓮見くんは扉のほうを向いて寝転がり、私との会話を拒否しているようだ。

私は諦めて、明日の自由曲を弾いてみる。指はほぼ自動的に動いた。伴奏者に決まってから、欠かさず練習を続けてきたのだ。学長に母について酷いことを言われたばかりだけど、改めて弾いてみると、明日の晴れ舞台で母にこの演奏を聴いてほしいという思いが込み上げてくる。

ところが、ワンコーラスの終わりにさしかかったところで、バンッと外から扉を蹴るような音がした。

びっくりして、ピアノを弾くのをやめて立ち上がる。もしかしたら誰かが助けにきてくれたのかもしれない。

「ここを開けてください！」

私は、ほぼ反射的に大声を出した。とりあえず今は助けを求めるしかない。

「うるせーよ。大人しくしとけ！」

ところが、聞こえてきた声に息を呑む。その声は江藤先生だった。

蓮見くんも驚いてこちらを見ている。

「お前ら、ピアノなんか弾いて、まだ反省してないんじゃないか？」

「どういうことですか？」

私は、江藤先生の攻撃的な態度に驚いて、扉越しに訊く。

すると江藤先生は続けた。

「小鳥遊から聞いたよ。俺の変な噂流してるの、原田、お前なんだってな？　どこで何吹き込まれたか知らねえけど。俺が生徒を妊娠させた？　付き合ってる？　ふざけるな。お前みたいな奴は、合唱祭に出る資格なんてない。ここで猫殺しと一緒に自分のやったことを反省しとけ」

「でも、江藤先生。葉月のことはどうなんですか？　彼女は被害者です」

私は混乱する頭の中でなんとか言葉を捻り出して反論する。

「あいつにはずっと困ってたんだよ。ストーカー紛《まが》いのことばっかされて。どっちが被害者だよ。ふざけるな！」

江藤先生は早口でそう言うと、再度扉を蹴った。この部屋に私を押し込んだ力強い手は彼だったのだろう。

それから何度か声を出して助けを求めたが、反応は何もなくなった。江藤先生も廊下を立ち去っているようだ。

私は立ち竦んだまま、これまでのことを整理した。

紫音に鍵を渡されたあと、彼女がスマホで誰かと連絡を取っていたことを思い出した。電話の相手は江藤先生だったのかもしれない。紫音から指示されて、江藤先生が私のことをこの部屋に押し込んだと考えれば辻褄《つじつま》が合う。生徒がいきなり家に帰ってこなくなったら親が心配するだろうが、私の場合それはない。そのことも紫音から聞いていて、江藤先生はあんなに強気でいたのかもしれない。つまりは、紫音に嵌《は》められたということだ。どうしてそんなことをしたのか分からなかった。しかし、彼女ならやりかねない。

江藤先生は私に『反省しろ』と言った。紫音は、彼が葉月を妊娠させたという噂を私が言いふらしているような言い方でもしたのだろう。しかし、その噂が事実だとしたら、江藤先生は私に『反省しろ』なんて言い方をするだろうか。佐野先生の言っていたこととは辻褄が合わない。そもそも、どうして葉月は死を選んでしまったのだろう。

考えれば考えるほど、頭がおかしくなりそうだ。蓮見くんにこのことを説明する気力もなかった。急激に力がなくなっていき、階段から降りて床に寝そべった。掛け時計に目をやると、六時十分を指している。ここに閉じ込められてから、すでに二時間ほどが過ぎている。思えば今日はろくに食べ物も口にしていなかった。

そんな私の様子を見かねたのか、蓮見くんがタッパーに入ったサンドイッチと飲みかけの水の入ったペットボトルを差し出してきた。

タッパの蓋を開けると、サンドイッチが十個ほど隙間なく詰められている。私はそのうちの一つを手に取る。耳を切らないまま四角く切り揃えられた食パンの間には、薄く切られたキュウリとスクランブルエッグが挟まっている。母がよく作っていた物にそっくりだった。

「好きなだけ食べていいよ。僕はお腹空いてないから」

「これ、もしかして学長が持ってきたやつ？」

「そうだよ」と蓮見くんが頷く。

私は手に持ったサンドイッチを一口食べてみた。辛子マヨネーズで味付けされたシンプルなサンドイッチは、やはり母の作った物だと確信する。

一つ食べ終わると、次のサンドイッチに手を伸ばす。それでも足らず、私は結局、五つもサンドイッチを食べてしまった。母は自分の作ったサンドイッチがまさか私の口に運ばれるとは思っていなかっただろう。満腹になると、そのまま横たわった。

27

微かに聞こえてくる不揃いなピアノの音色が、耳元に淡く響いてきて目を覚ました。

一瞬今いる場所がどこだか分からなかったが、ピアノを弾いている蓮見くんの姿で全てを思い出す。疲れと母の懐かしい料理に安心して、いつの間にか眠ってしまっていたようだ。身体には薄い布のような物がかけられていたが、それでも身体が縮こまるくらい寒かった。加えて、硬い床で寝ていたせいか、下にしていた右半身に鈍い痛みが走っている。蓮見くんはこんな状況で何日も過ごしているなんて、風邪を引かずにいるのが不思議なくらいだ。

無理やり身体を起こして薄灯りで照らされた時計を見ると十一時を示している。窓がないのではっきりしないけどおそらく夜の十一時だろう。前に時計を見たときが六時過ぎだったから、あれから五時間も眠り込んでしまったみたいだ。

蓮見くんは私が起きたのに気がつくと、ピアノを弾くのをやめて席を立ち、再び本の続きを読み始めた。

「どうして？　やめなくてよかったのに」

彼のピアノを弾く姿を見たのは小学生以来だった。今は以前のような演奏はできないにしろ、昔と変わらず惹かれるものがある。

「右手、治せばいいのに」

私が呟くと、彼は本から視線を上げ、何か言いたそうな顔でこちらを見た。

「院長に、このくらいなら手術で簡単に治せるって聞いたよ。どうして治してもらわないの？そのほうがピアノだって弾きやすいのに」

本に添えられた蓮見くんの右手が微かに震えている。やはりまずいことを言ってしまっただろうか。私はすかさず「ごめんなさい」と付け加えた。

「別に謝らなくてもいいよ」

蓮見くんはそう言って読みかけの本を床に伏せた。

「これは、僕がずっと背負っていかないといけないものだから」

「背負っていかないといけないもの？」

私は意味が分からず訊き返したが、蓮見くんは説明する気がないようで、立ち上がって積み上げられた他の本を探っている。私は諦めて話題を変えた。

「私、小鳥遊さんに嵌められたみたいなの。彼女は学長が私の母親を気に入っているのが気に食わないみたいだけど、一緒に明日の合唱祭に向けて練習してきたのに、どうしてここまでするんだろう……」

蓮見くんから、紫音の本音を訊き出したいわけではない。彼女のことなんて、彼に分かるはずもないのだ。だから、ほぼ愚痴のつもりだった。

しかし、蓮見くんは何かを悟ったように真剣な顔をしている。

「それは、小鳥遊さんの身勝手な承認欲求だと思うな」

「身勝手な承認欲求？」

「小鳥遊さんは、学長に認められたくて仕方がないんだよ。海音がしてもらっていたように、彼女も同じように気にかけてほしいんだよ。だから彼女にとって邪魔な人間に、自分の都合で迷惑ばかりかけるんだ」

「海音って、小鳥遊さんの双子の兄の……」

蓮見くんの口からその名前が出たのは意外だった。でも紫音の兄は去年亡くなったと佐野先生が言っていた。蓮見くんはずっとこの学園にいるのだから、よく考えれば海音のことを知っていて当然だろう。

「そうだよ。海音は学長からかなり気に入られていたから」

「その海音って人、亡くなったんでしょ？」

金子は海外留学だと言っていたが、佐野先生は亡くなったと言っていた。

「……僕には何も言う資格なんてないよ」

蓮見くんは少し間を空けてそう言うと、再び本を探り出した。何か知っていることがあるけれど、私とは共有したくないのか、もしくはできないということだろうか。

蓮見くんの曖昧な態度に私は苛立ってしまう。そもそも、私が助けにきてここに一緒に閉じ込められているというのに、明日の夕方になれば出られるの一点張りで、父親が心配していると言っても撥《は》ねつけられ、何を訊いても言葉を濁されてしまう。今だって、意味深な言葉だけ残して深くまでは決して教えてくれない。

「そんなに本が好きなのね」

私は皮肉を言って、蓮見くんから懐中電灯を奪い山積みになっている本を照らした。彼は私より身体が小さいから、懐中電灯は簡単に奪い取れる。埃を被った本は、だいたいタイトルに『神』という文字が入っている、キリスト教に関する小難しそうな物ばかりだ。普段でも読まない類のものなのに、この状況で読もうとはとても思えない。

ふと、本の中でタイトルに『生贄』の文字が入っている物を見つけた。その二文字にはどこか引っかかるものがある。そうだ。金子と一緒にコンピュータールームに行ったとき、掲示板のタイトルになっていたのだ。

「蓮見くん、『百周年の幻の生贄』って知ってる？」

私はふと気になって尋ねてみた。こんなことを言っても、どうせ僕には言う資格なんてないとか言い出すのだろう。

しかし、蓮見くんからの返答はない。その代わり、少しして荒い呼吸が聞こえてきた。私は彼のほうに向き直り、懐中電灯で照らしてみる。

彼は俯き加減で呼吸を荒くしていた。よく見ると、額には汗を掻いている。こんなに寒い場所で普通は汗を掻くわけがない。熱でもあるのではないか。私は懐中電灯を持ったまま、彼に詰め寄る。

「どうしたの、大丈夫？」

そんな私に対して、蓮見くんは後退りを始めた。やはり様子がおかしい。この部屋にいる限り、私から逃げることは不可能だ。茫然と立ち竦む私を残して、彼は息を荒くしたまま部屋の隅にうずくまった。

「ねえ、どうかしたの？」

しかし、蓮見くんの怯えた目は、彼の抱えている何かを打ち明けることを頑なに拒んでいる。

私は諦めて、黙ったまま彼の近くに水の入ったペットボトルを置く。彼の反対を向いて薄い布に包《くる》まり、壁に寄りかかった。これ以上問い詰めたら彼が壊れてしまいそうな気がしたのだ。

蓮見くんにはそんな、薄いガラスのような脆《もろ》さを感じる。掛け時計は十二時近くを示している。

今はとにかく、明日が来るのをじっと待つしかなさそうだった。

28

「原田さん」

ウトウトと寝入ってしまいそうな中で、蓮見くんの呼びかける声が聞こえてきた。

「ねえ、原田さん、起きてる？」

私は返事をする代わりに、近くのペットボトルに手を伸ばす。酷く喉が渇いていたのだ。時計は夜中の一時過ぎを指していた。蓮見くんの様子が変わってから、そこまで時間は経っていない。ここにいると時間の感覚が失くなってしまうから、こまめに時計を見るようになっていた。

外から風の唸りと雨音が微かに聞こえてくる。そういえばここに来る前、天気が悪かったことを思い出す。もし独りでここにいたら、心細さと恐怖で頭がおかしくなってしまいそうだ。

蓮見くんは部屋の隅で膝を両腕で抱えるようにして座っている。さっきとは打って変わって、今はとても落ち着いて見える。

すると突然、蓮見くんが話し始めた。

「海音と僕は、小学生の頃からずっと仲が良かったんだ」

「どうしたの？　いきなり」

「今なら話せる気がするから。よかったら聞いてほしい」

それから、蓮見くんは私のほうを見ないまま、何かの断片を拾い集めるようにボソボソと話し始めた。ずいぶん唐突だと思ったが、彼の中でタイミングがあるのだろう。

「家にもよく遊びにいっていたし、僕にとって唯一親友と呼べる存在だったかもしれない」

「その人のこと、少しだけ聞いたことある。小鳥遊さんの家に行ったとき、使われていない男の子の部屋があって、中に入ったら賞状とかトロフィとかがたくさん飾ってあって……」

「海音は成績が学年で一番良くて、運動神経も良い上に絵のセンスも抜群だった。そんな彼がどうして僕とそこまで仲良くしてくれたのか、いま思えば分からないけど」

蓮見くんは切なそうに微笑んだ。

「みんなと同じように、僕にとっても海音は憧れの存在だった。僕は医者の息子なのに、他の兄弟に比べたら全然ダメで、よく彼に勉強を教えてもらったりしたよ。海音は、人の悪口も滅多に言わない、聖人みたいな奴だった。だけど、中等部に上がってから、海音はだんだんと僕の前で学長に対する愚痴を零すようになったんだ。彼が学長に勧められた合唱部に入らずに、美術部に入ったのが事の発端だった。僕も絵を描くのは好きだったから、彼に連れられて美術部に入ったけど、彼には到底敵わなかった。学長は無断で美術部に入部届を出した彼を酷く怒った。海音は美大に入る夢を持っていたくらいだったから、僕からしたら彼の選択は納得だったんだけど。代わりに妹の紫音さんが合唱部に入ったことで、部活に関しては何も言われることはなくなったみたいだったけど、それ以来学長からの当たりはどんどん強くなっていったんだ。ゴールデンウィークが明けたあたりからはさらにエスカレートして、いつもより塾のテストの点数が少し低かっただけで、夕飯もなしで朝まで押し入れに閉じ込められたりしたらしい。閉じ込められることは、どうやらもっとずっと前からたまにあったらしいけどね。その頃頻繁になったんだ。学長はもともと教育熱心な人だと知っていたけど、そんなことをしてると聞いてて笑った。笑うしかなかったんだ。海音が助けを求めているって分かってたのに。だって僕には何もできそうになかったから。僕の両親はいつも学長の言いなりだったし、刃向かったりしたら病院がどうなるかも分からなかった」

「酷いね……」

学長に、普段の朗らかさからは想像のつかない裏の顔があるのは、薄々気がついていた。

「海音は、学園の跡取りとして過剰に期待されていたんだ。だからいつも、何に対しても完璧を求められていた。それに、学長自身もそんな厳しい教育を受けてきた人なんだよ」

学長は自分の過去の経験やエゴを息子にも押し付けていたということだ。母の姿がチラつく。私を小鳥遊自由学園に入れ、合唱部を強く勧めてきたときとよく似ている。

「海音はだんだんと精神的にも身体的にも追い詰められていった。彼は暗い場所や狭い場所を極端に怖がるようになっていたし、僕が少し手を上げただけで身体をビクつかせたりした。ついには、トイレの個室にすら入れなくなっていたんだ」

蓮見くんは膝を抱えたその腕に力を込めた。

「そのうち、合唱部が懺悔部屋とか言って、音楽室の横にある小部屋を使って悪ふざけをしているのを知った。紫音さんが、以前から海音が家で閉じ込められているのを見ていて、それの真似をしているんじゃないかって海音と二人で話していた。海音は学長にそのことをやめさせたほうがいいと伝えたけど、学長は好きにさせればいいと言って、むしろその様子を楽しんでいるようだった。

その後、海音を遊びに誘ってもなかなか会えなくなった。僕も次第に彼を誘わなくなっていった。その代わりに僕はバスケ部の友人とつるむようになったし、美術部にもほとんど顔を出すこともなくなっていった。

そんな中で、偶然学園で海音を見かけたことがあった。生徒会の集まりか何かの帰りみたいだったけど、彼は見るからに窶れていて弱々しくなっていた。声をかけて海音から話を聞くと、彼は懺悔部屋によく閉じ込められるようになったと話してくれた。もちろんこの部屋には空調や空気の通り道もないから、本当に辛かったみたいだ。彼が抵抗すると、手足を縛ってまでも、彼はこの部屋に押し込まれた。だけど紫音さんが心配して、学長室から鍵を持ち出して彼をよく助け出してたみたい。でもじきにそれも許されなくなっていった」

紫音と海音の関係性はよく分からないが、実の兄がそんなことをされていたら、あの紫音でもさすがに心配だろう。

「それからも、僕と海音との距離は開いたままだった。いや、僕は無意識に彼のことを避けていたのかもしれない。そのときの海音は、親友の僕でも扱い方がよく分からなかった。

海音と久しぶりに会ったのは、彼の描いた風景画が地区で入選したとき、確か去年の六月の初めだった。その絵は学園をモデルにしたものだった。僕はお祝いの意味も込めて、本当に久しぶりに彼に会いにいこうと思って、放課後美術部に顔を出したんだ。入選した風景画は、まだ預けられていて観ることはできなかったけど、彼はキャンバスに描きかけの絵を描いていた。

彼は、久しぶりに姿を見せた僕を一瞬チラリと見ただけだった。

『今更なんだよ。お前はバスケ部の奴らとつるんでればいいのに』

そう冷たく言ってまた絵に向き直った。彼の口調は刺々《とげとげ》しくて、海音の中身が変わってしまったみたいだった。赤と黒の二色で繊細に色付けされたその抽象画は、僕にはよく理解できなかったけど、なんだか不穏な絵だったのを覚えてる」

蓮見くんの話はいったいどこへ向かっているのだろう。私は、彼の話の先を促すように大袈裟に相槌を打った。

「よく見ると、彼の絵筆を持つ手首に、縛られたような痣が増えているのが見えた。顧問がいなくなった隙に、まだ学長にやられているのかと僕は思い切って訊いてみた。すると、彼は『大丈夫。もう心配いらないから』と、どこか煌《きら》めいた目を僕に向けた。そして、こう言ったんだ。

『この絵が完成したら、僕、復讐しようと思ってるんだ』って。

海音は学長に対して、真剣に殺意を抱いているようだった。僕は、そんな彼を必死に止めた。学長が憎いのは分かるけど、そこまでする必要はない。僕たちが大人になればこんなことはなくなるから。辛いのは今だけだって」

しかし、実際に今、学長は生きているから、彼は殺人犯になったわけではないのだろう。上手く頭が働かない。掛け時計は二時に差し掛かるところだ。身体はすでに芯から冷えて、小刻みに震え、眠気は吹き飛んでいる。

「彼の計画を聞いたその日から、僕は前みたいに彼と一緒に帰ったりして、より気にかけるようにした。海音のほうはそんな僕を鬱陶しがっていたようだったけど、彼のあのときの目の煌めきは、確かに危険なものを含んでいたんだ。僕は海音を人殺しにはしたくなかった」

蓮見くんはそれから少しの間目を瞑った。それから再び目を開けると、少しピアノを弾いてほしいと私に頼んできた。

冷え切った指先でピアノなんか弾けないと思ったけど、蓮見くんが話を続けるためには必要なのかもしれない。

言われたとおりピアノまで移動して椅子に座った。ずっと同じ体勢で蓮見くんの話を聞いていたから、身体が固まっていて立ち上がるのにいつもより時間がかかる。

鍵盤はヒヤリと冷たく、その温度は指の腹を伝って骨まで届いてきそうだ。私は悴《かじか》む指先に息を吹きかけながら、いったい何を演奏しようかと考えた。蓮見くんがよく教室で弾いていたブルグミュラー二十五の練習曲の十六番にしようかと思いつく。マイナーな曲調だが、ここ数ヶ月の中で伴奏のウォーミングアップとして弾いたこともあったからソラでも弾ける。

曲を弾き終えると、蓮見くんは指の繋がった右手を左掌に何度か打ちつけて拍手をしてくれた。

一息ついていると、蓮見くんは左手で右手を撫でたあと、またこちらに向かって話し始めた。

「そしてついに事が起こったのはその直後だった。放課後、いつものように美術室に行くと、海音の姿がなかった。他の部員に訊いたら、海音はその日、絵が完成したから家に持ち帰ったと言っていた。僕は嫌な予感がして、彼の家まで行った。そうしたら、外にも響くくらいの激しい口論が聞こえてきたんだ。それは明らかに海音と学長の声だった。僕はこのままだと、海音が本当に学長を殺してしまうんじゃないかと思った。だけど、僕一人の力ではどうにもできないから、誰か大人の助けを求めて急いで学園に戻った。そのとき、職員室からちょうど出てきた教頭が声をかけてくれたんだ」

「教頭って、パパのこと？」

「そう、逢沢教頭。教頭は、慌てている僕のことを見て、何かあったのかと心配してくれた。事情を話したら、大事《おおごと》にならないようにすぐに止めにいこうって、一緒に海音の家へ向かってくれた。教頭には、小学生の頃に良くしてもらっていたし、中等部でもよく話を聞いてもらってたから、今回の海音の件も話しやすかったんだ。海音の家に着くと、口論はまだ続いているようだった。インターホンを鳴らしてみたけど、誰も出てこない。玄関扉の鍵はかかっていたから、どこかの窓から強引に突入するか、警察に通報するか迷っていたら、ちょうど紫音さんが部活を終えて帰ってきた。紫音さんにドアを開けてもらって家の中に入ると、口論が聞こえてくる二階へと上がっていった。

教頭は怯える紫音さんに、『こういう喧嘩はよくあるのか？』と尋ねると、彼女は『いつもは父が一方的だから、こんなに口論になっているのは初めてだ』と言った。やっぱり、海音はこれから学長を殺そうとしているんだと僕は悟った。教頭は、危ないから別の場所にいたほうがいいと言い、紫音さんを家の外に出した。

口論の聞こえる部屋のドアは半開きになっていた。その隙間から中を覗くと、学長と海音が激しい取っ組み合いをしていた。慌てて教頭が中に入り、すぐ二人の間に割って入ると、彼らは荒い息を整えながら距離を少し空けた。しかし次の瞬間、海音がどこからか短いナイフを取り出して、顔を真っ赤にしながら学長のほうに向けた。学長はそれを見て、『お前にそんなことができるわけがない』と煽《あお》っていたけど、泳ぐ目からは恐怖心が窺えた。しかし、すかさず教頭が海音を押さえつけ、ナイフは床に転がった。教頭は僕に、そのナイフを早く回収しろと叫んだ」

蓮見くんはそこまで一気に捲し立てると、ペットボトルの水を飲んだ。鼓動が早くなり、額《ひたい》に汗が滲むのが分かる。

「僕は海音を彼の部屋へ連れていき見張っていた。だけど、しばらくするとさっきまでいた学長の部屋から、今度は学長と教頭の口論が聞こえてきたんだ。教頭は、学長に対して海音を虐待しているのではないかと問い詰めているようだった。学長はそんなことはないと否定していたが、教頭はこのままなら警察に通報するとまで言っていた。あんなことを学長に言えるのは、学園の中で教頭くらいだった。

『良かったな。逢沢教頭が通報したら、学長はタダでは済まない。君が悪者になる必要なんてないんだ』

僕はそう言って海音を宥めた。けれど、彼は肉食動物が獲物を取り逃がしたような鋭い目をしたまま、興奮冷めやらぬ様子だった。彼は静かに立ち上がり、棚に飾ってある大きなトロフィを手に持った。海音が絵のコンクールで金賞を取ったときの物だ。また二人を一緒にさせるわけにはいかない。僕は必死に止めようと海音の腕を掴んだけれど、僕の力では到底敵わなかった。

それからすぐに隣の部屋で、何度か鈍い音と叫び声が聞こえてきた。急いで駆けつけると、そこには首元から血を流した教頭が倒れていた。流れた血は緑色の絨毯《じゅうたん》に濃く染み込んでいた。海音は立ち竦んだまま、傍で血の付いたトロフィを持っていた。部屋の奥では海音と同じような様子で学長も茫然と立ち竦んでいる。

僕は状況を理解するのに少し時間がかかったが、どうやら海音が、学長を庇った教頭を誤ってトロフィで殴ったのだろうと理解した。その日、教頭と学長は同じようなスーツを着ていたし、二人は同じような背丈、体型をしていた。興奮状態の海音なら、見間違えるのもありえなくはない。

海音はさらに混乱状態に陥ったまま『僕が殺したんだ』と何度も言って泣き叫んだ。僕はとにかく教頭を病院に連れていこうと言った。海音は取り乱していてまともに会話もできなかった。教頭の意識は朦朧《もうろう》としていたけど、大の大人が死ぬような致命傷ではない。僕は立ち竦む学長に向かって、すぐに病院へ電話してくれと言った。

ところが、学長は電話をかけようとはしなかったんだ。『そんなことをしたら、海音が悪者になってしまう』って、学長は子どものように言った。

『今はそんなこと言ってる場合ではないです』と僕は反論したけれど、それでも学長は動こうとはしなかった。だから、僕は下の階のリビングに降りて、親の病院に電話をかけようとした。しかし、それはすぐに追いかけてきた学長に止められてしまった。とにかく、急いで処置しなくてはいけない。血の量からして傷口は深そうだ。スマホもないから救急車を呼ぶこともできない。紫音さんは騒動に驚いたのか、いつの間にか姿が消えていた。そこで僕は、その足で病院に行って直接父親に話をつけようと考えて、学長の目を盗んで小鳥遊家を抜け出した。その日、病院は混んでいて、僕は父親と話すまでに思ったよりも時間を使ってしまった。それでもなんとか事情を話し、僕は父の車で再び小鳥遊家へ向かった。

ところが、小鳥遊家に到着して二階の部屋に向かうと、学長と海音はおろか、教頭の姿もなくて、後には血のついた絨毯とトロフィだけが生々しく残っていた。いったい、三人はどこに消えたのか見当もつかなかった。ガレージに置いてある車がなくなっていたから、車でどこかに向かったのは確かだった。病院に向かったのかと思って、念のため父親にいくつか近隣の病院に確認を取ってもらった。でも、どこにも教頭が運ばれた形跡はなかった」

「ねえ、それって、いつ頃の話？」

私は、頭を真っ白にしながら口だけを懸命に動かした。両膝がおかしいくらいに震えていた。こんな話、母だって聞かされていないはずだ。

「確か六月の中頃とか、そのあたりだったはず」

父の命日は、六月の十八日だ。父は脳梗塞《のうこうそく》に襲われたと聞いていた。

「ねえ、どういうこと？　詳しく話して！　パパはどうなったの……病気で倒れたんじゃないの？　ねえ！」

私は蓮見くんの両手を握り、必死に問いかけたが「僕から話せるのはこれくらいなんだ」と、それ以上のことは頑なに話そうとしなかった。どうやら本当に彼は知らないようだ。

でも、佐野先生や金子からの話を合わせればだいたい想像はつく。その後パパは治療も受けられず、事件を隠蔽《いんぺい》するために、あの部屋に連れていかれたのだろう。結果亡くなってしまったのだ。

そう思い至り、私は力が抜ける。蓮見くんから離れて腰を下ろした。

「とにかく、教頭が消えてから数日後、海音は自殺した……」

蓮見くんが切なそうに言ってそのままうずくまる。海音が自殺したことは佐野先生が匂わせていたが、どうやら本当だったようだ。

「原田さん、見てよ、これ。僕まだ持っていたんだ」

しばらくして、蓮見くんは顔を上げると、ポケットからあのときの猫の足を取り出して見せた。突然のことに私は言葉を失う。

「嫌だ。そんな気色悪い物、早く捨ててよ！」

私は苛々して言ったが、蓮見くんは愛おしそうにそれを眺めている。こんなときに悪ふざけのつもりだろうか。

「何バカなことしてるの？」

私がそう言うと、蓮見くんはニヤリと口角を上げて、指の繋がった右手をこちらに近づけた。

「これが気色悪いなら、僕の右手も気色悪いって思ってる？」

「そんなこと言ってるわけじゃ……」

私は蓮見くんから後退りをした。

「この手は学長との契約のようなものなんだ」

私は改めて、爛《ただ》れて皮膚がくっつき、自由が利かなくなってしまった彼の右手に目をやる。

怪我したことは知っていたけど、その理由は教えてもらっていなかった。余程の理由があるのだろうと思って、あまり深入りしなかったのだ。

「契約……？」

「海音が亡くなったことが分かった日の夜、帰宅したあとで僕は学長から学園に呼び出された。海音が死んだから何かを聞き出したいんだなと思ったから、特に何も考えずに学長室へと向かった。突然のことが重なってかなり憔悴《しょうすい》していて、そのときの僕は放心状態に近かったんだ。

『海音が死んだのは君と逢沢くんのせいだ。もっと言えば、君が最初に余計なことをしなければ、今回のことはただの親子喧嘩で済んでいたんだ。分かるかな？』

学長は僕にそう言った。しかし元はと言えば、学長が海音のことを閉じ込めたりしたのが原因だ。だけどそのときはそんな反論をする余裕もなかった。

『海音はこの先の人生の全てが奪われてしまった。それなのに、君は何不自由なくこの先も生きていく。それはおかしいことだと思わないかい？』

『はい。不平等だと思います』

僕は即答した。生き残るべき人間は僕なんかよりも優秀な海音のほうだったはずだ。

『ところで君はピアノをやっているみたいだね。ピアノは楽しいか？』と学長は微笑みながら訊いてきた。

僕は『楽しいです』と答えた。

『音符は決まっているけど、自分の感情に任せて叩けば自分の音として表現できるところが楽しいんです』

学長は『そうか、それはとても素敵だね』と呟いていた。

僕はそのとき、どうして彼がこんなことを訊いてきたのか理解できなかった。

それから学長は、ちょうど片手がすっぽり入るくらいの透明な液体の入ったビーカーを棚から取り出して机の上に置いた。理科室でよく見る物だった。

『逢沢くんは病気で亡くなった。そして海音が亡くなったことは公表しないことにする。そして、君が海音の秘密を握ったまま生きていくのは許されないことだ。分かるね？　君がこれからもこの場所で生きていくためには、何かを失うこと、代償が君に要求される』

学長のその言葉で、僕はやっと全てを理解した。

僕は、失敗に終わった海音の復讐、そして彼の抱えていた罪責感について考えた。その重さに比べたら、今の僕は学長の言ったとおりだ。彼のいない世界で生きていくには、あまりにも身軽だと思った。彼の生きていたこの場所でこれからも生き長らえるには、代償が必要だということはよく分かる気がした。何か負荷がかからなければ、僕もこの先、生きていける自信がなかった。

僕は、学長に促されはしたが、自らの意思でその液体に右手を突っ込んだ。片方の手が使いものにならなくなるくらい、何でもないように思えたから。液体に手を入れると、皮膚が焼けるような感覚がした。痛みのあまり僕はすぐに手を引っ込めようとしたけど、学長は僕の手首を摑んで放さなかった。痛くて痛くて、悲鳴が出た」

蓮見くんの話はどこか現実味を欠いていて、知らない国の御伽話《おとぎばなし》を聞いているようにも思えた。でもよく考えれば、蓮見くんがピアノ教室を辞めたのは、父が亡くなった時期と被っている。何か関係していると考えてもおかしくなかったのに、当時の私は父のことで頭がいっぱいで、そんな余裕がなかったのだ。すべては繫がっていた。そのことに今まで気づくことができなかった。

身体中の感覚が遠ざかりフワフワとしてくる。あまりのショックに意識が遠のいていく。倒れないように、地面に横たわるので精いっぱいだった。

29

それから、どれほど時間が経っただろうか。部屋の外からほんのわずかに朝の気配を感じた。瞼《まぶた》が腫《は》れていてあまり開かず、頰は濡れている。気を失うように横たわったまま、自分が涙を流していたんだと気がつく。しかし、それが何に対してなのかはよく分からなかった。

時計を見ると、七時半過ぎを示していた。

「原田さん、起きたんだ」

呼びかける蓮見くんの声はなぜか明るい。昨夜の彼の話は夢だったのだろうか。よく見ると、彼は左手に猫の片足をお守りのように握り締めている。その死体の片鱗《へんりん》は私を現実に引き戻していく。

ふと尿意を感じたので蓮見くんに言うと、彼は、「ここにあるよ」と小さなプラスチックの箱を指さした。

「大丈夫。僕は使ってないし、そもそもライトが点いていなかったら、暗くて何も分からない」

私は、どうしても我慢できずに懐中電灯を消してもらうと、そこで用を足した。静かな空間に、尿がプラスチックに跳ね返りながら溜まっていく音が惨めに響く。

「合唱祭は確か九時開場だったから、あと一時間半くらいでチャペルに人が集まってくるよ」

蓮見くんがその気まずい空気を変えるように呟いた。

頭の中が忙しくて忘れかけていたが、今日は合唱祭当日なのだ。

しかし、だからと言ってここから出られるわけでもない。私たちはただ横たわりながら、漫然と時が過ぎるのを待っていた。

掛け時計が十時を示すと、合唱祭の開会を告げるパイプオルガンの音が微かに聞こえてきた。私は居ても立ってもいられずにピアノに指を叩きつけるように一心不乱に合唱曲を弾く。もうこのまま帰る場所もないなら、いっそここで死んでしまったほうがいいかもしれない。そうしたら母も、少しは私への対応を後悔してくれるだろうか。

ところがそこで、扉の外から声が聞こえてきた。

「原田さん！　そこにいるの？」

その声は、意外にも金子だった。

「金子さん？　どうして？」

私は扉のほうに駆け寄り、出せる最大限の声を出した。金子が来てくれた安堵で、さっきとは違う涙が流れる。部屋の中に一筋の光が入ってきたような気持ちだった。

「やっぱり私、このままじゃいけない気がしたの。だから合唱祭だけには勇気を出して来てみたら、開会式に原田さんがいないのに気がついて、おかしいと思ってすぐに抜け出してきたの。そしたらここからピアノの音が微かに聞こえてきたから……。いったい、誰に閉じ込められたの？」

「小鳥遊さんと江藤先生に嵌められたの。今、蓮見くんも一緒にいる」

「蓮見くん……？　停学中じゃなかったっけ？」

金子の疑問も分かるが、今は一刻も早くここを出ることが最優先だ。説明している暇はない。

「金子さん、私、この部屋の鍵を持ってるの。だけど内側からは開かなくて」

「私も鍵なんて持ってないよ。どうすればいいんだろう」

江藤先生が鍵を持っているかもしれないが、彼から今直接取り返せる保証もない。それから
ふと、紫音の言葉を思い出した。

「確か、小鳥遊さんがここの鍵は学長室の引き出しの奥に仕舞ってあるって言ってた。もしかしたらそこに鍵が戻されてるかもしれない」

「分かった。私、探せる所は全部探してくるから」

金子が廊下を走っていく足音がする。私は金子に心から感謝した。そもそも金子は学園に来るだけでも勇気がいることだっただろう。帰る場所もなく、もうここで死んでもいいなんて心のどこかで思ってしまっていた少し前の自分を反省した。ここから出て、学長たちの悪事を暴かなくてはいけない。不安な気持ちを残したまま蓮見くんに目をやると、体育座りで猫の片足を愛おしそうに撫でている。自分の使えなくなった右手を重ね合わせているのだろうか。私は呆れて彼から視線を外す。とにかく今は金子を頼りにするしかなさそうだ。


しかし、金子はなかなか帰ってこなかった。もしかしたら、セキュリティ上、今日は学長室にも鍵がかかっているのかもしれない。

それでも、私たちはただ待つことしかできない。蓮見くんと二人でただ時間が流れるのを待った。昨日からサンドイッチしか食べていなかったけど、緊張のためか空腹はあまり感じない。それよりも、もっと他にたくさん考えなければいけないことがあった。

それなのに、睡眠不足と疲労で、頭の中はぼんやりと麻痺したままだ。壁にもたれ縮こまった姿勢のまま、冷えた身体を小刻みに震わせた。

それから二十分ほど経っただろうか。ようやく扉を叩く音が聞こえてきた。

「金子さん？」

「ごめん、遅くなっちゃった」

金子は軽く息切れをしていた。

「鍵は？　見つかった？」

「見つからなかった。だけど、良いことを思いついたの」

それから、機械の大きな作動音が扉の外から響いてきた。

「ここに電動ノコギリがある。今から、これで扉に小さく穴を開けるから、そこから原田さんの持ってる鍵を渡してほしいの。私にしては名案だと思うんだけど」

確かに、この木製の扉だったらノコギリを入れることができるだろう。

「そんな物、どこで手に入れたの？」

「中庭に、小鳥遊さんが隠していたのを思い出したの。猫の足を切り落としたやつ。ともかく、少し扉から離れて。私がいいって言うまで」

私は金子の案に感謝しながら扉を離れた。ここから出られるかもしれない。期待に胸が高鳴る中で、隅で小さくなっている蓮見くんの様子を窺ったが、彼は特に高揚している様子もない。

扉の下部分にノコギリの先と一緒に光が射し込み、徐々に広がっていく。しばらくして音が止み、小さな正方形の穴ができた。

「もう大丈夫。ここから鍵を渡して！」

金子がこんなにも逞《たくま》しく思えたのは初めてだった。

私が彼女の言うとおりに鍵を渡すと、向こうから金属音が響いてきて、扉が開く。私は、部屋の隅から動かない蓮見くんの腕を引っ張ったが、なかなか動こうとしない。私はそんな様子に苛立って彼の左手から強引に猫の足を引き剝がして、無理やり彼を立ち上がらせる。それから床に転がった猫の足を横目に蓮見くんの腕を摑んだ。明るい場所に慣れていない目がしばらく開かないまま、階段を一段一段上がっていく。

外に出られた安心感とこれからの不安感、蓮見くんの話の衝撃で感情がグチャグチャなまま、金子に「ありがとう」と言って抱きついた。永遠にあの場所にいるなんて思ってはいなかったけど、あの空間にいるとそんな感覚も麻痺して、外に出られただけで奇跡のように思えてくる。

そこに、ピアノの音と合唱の歌声が聞こえてくる。今どこまで合唱祭が進んでいるのかは分からないが、急がないと。

「とにかく、早くチャペルに向かおう！」

金子が勢い込んで言い、私も頷いて蓮見くんのほうを見たが、彼は浮かない様子だった。

「僕はここにいるよ」

そして、蓮見くんは弱々しく微笑んだ。

「ここって？」

金子が信じられないといった様子で尋ねる。

「この部屋だよ」

それを聞いて、彼女はさらにその目を丸くした。

「どうして、せっかく出られたのに！」

「僕のいるべき場所はここだから」

そこで金子は、懺悔部屋に戻ろうとする蓮見くんの腕を摑んで引き留めた。

「私、本当はずっと二人に謝りたかったの。原田さんにも、蓮見くんにも。猫の足のことで、私は酷いことをしたから。学校に行けなかった間もずっと、ずっと思ってた。それを伝えたくて、今日は家から出てきた。B組の合唱にまだ間に合うかは分からないけど、二人なしであの場所にいても私にとって意味はないの。だから一緒に合唱祭に出てほしいの！」

それから、金子はお願いと言ってこちらに頭を下げてくる。

私は、扉を開けてくれた金子の思いに応えたいと思った。私は「もちろん」と頷く。

すると、蓮見くんも金子のお願いに納得したのか、「僕も」と言ったが「ちょっと忘れ物」と言って部屋の中へと戻っていく。

私と金子が廊下で待っていると、蓮見くんは少しして戻ってくる。彼のブレザーの片方のポケットは微かに膨らんでいた。まだ彼は猫の足を持ち歩こうとしているのだろうか。そんな彼の姿は、なんだか幼稚に見えて仕方なかった。

金子と共にチャペルへ歩き出すと、蓮見くんも何も言わずにそのあとをついてきた。

30

重厚な扉を開けると、『第百回　小鳥遊自由学園中等部合唱祭』という文字が目に飛び込んでくる。入口近くの人たちがこちらを振り向いた。しかし、徐々に合唱中のステージに視線は戻っていく。

身を屈めながらB組の生徒が集まっている長椅子の隙間に三人それぞれ潜り込んだ。一つ前の長椅子に座っていた紫音と一瞬目が合う。私の姿を確認した彼女は動揺しているに違いない。

いつもは祭壇になっている場所には、今日のために装飾された合唱台が用意されていた。そのこぢんまりとしたステージの横には、グランドピアノが用意されている。

手前の長椅子の後ろに聖書と一緒に差し込まれたスケジュール表に目を通す。紫音が学長室でホチキスで留める作業をしていた物だ。

合唱祭はもう終盤に差しかかっていて、発表は三年生の最後から二番目の組まで進んでいた。B組の伴奏者はどうしたのか分からなかったが、とにかく私は合唱祭の舞台には立てなかったのだ。

もう少し早くあの場所から出られていたら、晴れ舞台を母に見せられたのに。そうしたら、何かが変わったかもしれない。悔しさで涙が溢れそうになるのを必死で堪えた。母は学長の隣の席に座り、時々合唱曲を一緒に口ずさみながら悠長にステージを眺めている。私たちが後ろから入ってきたのにもきっと気がついていないだろう。

三年生の合唱が終わると、優秀賞の発表の前に、学園出身者の中年の男性が百周年を記念した学園への想いを語り、続いて生徒を代表して、合唱部部長が合唱祭への想いを長々と話し出した。

話が終わると、学長が合唱台に立ち、いよいよ結果発表へと移った。

まず、最優秀賞に三年生のクラスが呼ばれると、彼らはその瞬間立ち上がり、涙混じりに歓喜の声を上げながら抱き合う。チャペル内は拍手喝采に包まれた。それから指揮者の生徒が代表して感謝の言葉を述べ、トロフィが渡される。それに続いて二位と三位が発表され、同じ流れが繰り返された。特に最優秀賞の三年生の喜びは大きい。これで高等部への進学がほぼ約束されたのだから当然の喜びようだ。

二年B組は残念ながらその中には入っていない。私は内心ホッとした。私はピアノを弾けなかったのだ。複雑な気持ちで前列に座る紫音の背中を睨む。

「それでは最後に、特別賞を発表します――」

そこで突然、学長が付け加えた。

去年までのことは実際経験したわけじゃないけど、『特別賞』なんて聞いたことがない。

私は席に座ったまま思わず身体を固くした。思わぬ展開に会場もざわついている。

一瞬の静寂のあと、学長が声を張り上げる。

「二年B組です！」

その瞬間、周りのクラスメイトたちが飛び上がる。

「二年B組は突然の伴奏者の欠場にもめげずに、代理の伴奏者で難局を乗り切った団結力が評価されました」

学長がそう言ったあと、紫音が立ち上がり、学長から他の三位までの物よりも小さめのトロフィを受け取る。そして合唱台中央に移動してマイクに口を近づけた。

「特別賞、ありがとうございます。私たちは、当日に伴奏者の不在という困難がありましたが、なんとか乗り切ることができました。それも、普段からクラスのみんなと一致団結して練習を積み重ねてきた結果だと思います。皆さん、ありがとうございました」

紫音がお辞儀をすると、今まで以上に大きな拍手が巻き起こる。しばらくその歓声に応えたあと、紫音は顔を上げて付け加えた。

「そして、何よりこんな事態のときに急遽伴奏の代理を引き受けてくださった学園出身の原田先生にお礼を言いたいです」

そこで母は立ち上がり、涙を拭いながら観客に向かって一礼する。

私はそんな母を啞然として眺めた。母は私の代わりに伴奏をできて嬉しいのだろうか。満足だろうか。結局、自分が晴れ舞台に立ちたかったのだろう。紫音は初めから、母に伴奏をさせる計画だったのだろうか。そうでなければ、大事な合唱祭の前に私を嵌めたりしない。

私が母にとっての〝穢れ〟なのだとしたら、私がいないほうが自由になれるのだとしたら、あの部屋で蓮見くんとの秘密を葬るかのように、一緒にいなくなってしまったほうが潔《いさぎよ》かったかもしれない。私のこの十四年の人生は、いったい誰のためのものだったのだろう。何のためにあったのだろう。

気がつくと、パイプオルガンが鳴り響いている。合唱祭のフィナーレだ。観客や来賓も含めた全員での讃美歌の合唱が始まっていた。私も慌てて席を立つ。

ところが、歌唱が終わる頃、蓮見くんが静かに合唱台へ上がっていくのに気がついた。歌に集中していたし、その動きがあまりに自然だったから、彼が合唱台に近づくまで会場のほとんどが気づかなかったのだ。

「合唱祭にお集まりの皆さん、逢沢教頭はこの学園に殺されたんです」

そして、蓮見くんが突然マイクを通してそう言うと、そこにいる全員が合唱台の中央に立つ蓮見くんに注目した。鼓動がどんどん早まっていくのが分かる。蓮見くんは、会場のざわめきとは対照的に淡々と話を進めていった。

「『学園に溜まった穢れを浄化するために、音楽室の近くの部屋に生贄を用意しました。これから、その生贄を神へと捧げます。皆さんいいですか？　神は正義に反することはしません。生贄が必要なのは、神の正義がそれを強く要求するからなのです。百周年を前に生贄を用意できたことは、学園の繁栄にとってとても良いことです』海音が誤って教頭に怪我をさせてしまった次の日、学長は全校生徒の前でこう言いました」

「君、何をしてるんだ。席に戻りなさい！」

学長が大声で叫ぶと、チャペル内が騒然として、不穏な空気に包まれる。

それでも蓮見くんは構わずに話を続けた。

「音楽室の隣の部屋、通称〝懺悔部屋〟にその生贄は正体が分からないまま、安置されていました。それから主に当時の合唱部の三年生が中心になって、その生贄に暴行を加えたんです。殴ったり蹴ったり、やりたい放題でした」

その言葉が合図になったのか、外部から来ていた記者たちが蓮見くんに対してフラッシュを当てていく。江藤先生が合唱台まで上がり、蓮見くんのことを取り押さえようとしている。蓮見くんはそれに抵抗して、スタンドマイクを両手で摑み、必死にしがみついた。

「その後、教頭が病院で亡くなったことを知りました。学長が用意した百周年の生贄は教頭だったんです。僕たちが教頭を殺したんだ！」

教師たちが「落ち着いてください」と会場の人々に呼びかけている。近くで起きていることなのに、それはなんだか手の届かない画面の中で起きていることのようだった。

「僕の父親は、医者です。学長に踊らされて教頭の死を隠蔽したんです！」

マイクから引き剝がされてしまった蓮見くんが、それでも記者たちに訴えかけるように叫ぶ。

蓮見院長は、病院をリニューアルしたと言っていた。学長に大金でも積まれて、隠蔽に協力していたのだろうか。教師たちに取り押さえられる蓮見くんを眺めながら、私は冷静にそんなことを考えていた。

するとそこに、母の狂ったような叫び声が聞こえてきた。母はパニックを起こしているようだった。母の下に教師たちが移動していく。学長も彼女に近づき、何か宥めるような言葉をかけている。徐々に母は落ち着きを取り戻して着席させられた。

目の前の光景がスローモーションのように流れ、私はただ感情もなくその光景を眺めていた。蓮見くんがいよいよチャペルの隅へ追いやられると、学長が再び合唱台に立ち咳払いをした。額には大量の汗を搔いている。

「ええ、皆様、大変お騒がせしております。先ほどの彼は現在停学処分中でして、精神に問題があってこのような支離滅裂《しりめつれつ》な言動をしてしまったようです。大変申し訳ありませんが、合唱祭はこれにて終了させていただきたく思います。このたびは、第百回小鳥遊自由学園中等部合唱祭に足を運んでいただきありがとうございました」

その言葉に従い、徐々に来場者たちはチャペルを後にしていく。詰めかけたマスコミも帰り支度を始めていた。

ところがそこでさらなる異変が起きた。空になった二階席を眺めていると、数名の悲鳴が聞こえてくる。驚いて振り向くと、舞台横で蓮見くんが折り畳み式のナイフを握りしめ、彼を押さえつけていた江藤先生に向けている。ポケットに忍ばせていたのは猫の足だと思っていたが、これだったのか。懺悔部屋を出るときから、彼はこれを計画していたのだ。

江藤先生が驚いて蓮見くんから離れる。自由になった蓮見くんは走り出した。その先には、記者たちからの質問攻めに対応する学長がいる。その背中へと刃を向けた。

蓮見くんは親友の果たせなかった復讐をしようとしているのだ。だけど、それでは何も解決しないじゃないか。

「蓮見くん！　やめなさい！」

そのとき、会場から女性の大きな声が聞こえた。声の主は会場に来ていた佐野先生だった。

一階席の後方で保護者に交じっていたようだ。

蓮見くんは一瞬、その動きを止める。

私は今だと思った。今なら蓮見くんを止められる。

気がつくと、私は学長と蓮見くんの間に走り込んでいた。

蓮見くんは半狂乱になっているようで、泣き喚きながら突進してくる。

私は恐怖で逃げることもできずに、その場に立ち尽くした。

一瞬時が止まったように音がなくなった。

周りの空気が急に硬くなる。身体に入ってくる空気は、ガラスの破片のように内部を細かく切り裂いていくようだった。

「原田さん！　ねえ、大丈夫？　ねえ！」

遠ざかる意識の中で、そう呼びかける金子の声が聞こえてくる。遠くでは救急車のサイレンの音が鳴っている。

それらを聞きながら、私の意識は闇の中に沈んでいった。

エピローグ

合唱祭から一週間以上経ち、年が明けると母はだいぶ回復した。医者の話では、明日にはもう退院できるらしい。

病室で母の荷物をまとめていると、母は自分でできるからとベッドから動こうとしたが、私はそれを止めた。傷口は塞がったけど、まだあまり動かないほうがいいと看護師さんに言われていたからだ。

あのとき、学長に向かって突進してきた蓮見くんを止めようと、私は彼の前に立ちはだかった。それでも彼は進んできたから、てっきり私は刺されたと思った。あまりのショックで意識が遠のいた。でも実際私は無事だった。蓮見くんのナイフが刺さる直前、間に入ってきた母が私の身代わりになってくれたのだった。

そこでノックの音が個室に響いた。扉を開けて訪問者の姿を確認すると、母はベッドから降りて立ち上がった。

「このたびは本当にご迷惑をおかけしました。なんと謝ればいいのか……」

そこにいたのは蓮見くんのお母さんだった。彼女は病室に入ってくるや否や、そう言って頭を下げる。この一週間、蓮見夫妻は幾度となく母の見舞いに来ている。母が入院しているのは蓮見医院ではなく、隣町にある総合病院だった。事件後のストレスのためか、夫妻はどちらもとても窶れて見えた。

「頭を上げてください。私もどうかしていたんです。こんなことがあって、やっと目が醒《さ》めた気分なんですから」

母はそう言いながら、彼女の正面へと歩いていった。今日はお母さん一人らしい。私としてはまだ看護師さんの言うとおり安静にしていてほしかったが、これも母なりの心遣いなのだろう。

事件があってから、母は「目が醒めた」という言葉を決まり文句のように使った。

実際母は、回復していくにつれて、自我を取り戻していき、今では学長の下で父親との思い出の品の数々を燃やしてしまったことをとても悔やんでいる様子だった。

蓮見くんのお母さんはそれでも満足しないといったように、さらに深く頭を下げる。ついには土下座の体勢になった。母は慌ててしゃがみ込み彼女の肩に触れた。

「ちょ、蓮見さん、やめてくださいよ」

「すみません。本当に、申し訳ありません……」

蓮見くんのお母さんは下を向いたまま涙声でそう言った。

「耀はもう警察の取り調べが終わって家にいるのですが、部屋から一歩も出てこない状態なんです。本当は今すぐにでも謝らせに連れてきたいところなんですけど、警察からも精神状態が安定するまで待ったほうがいいと言われていて。結局退院に至るまで顔を見せられないままで……」

「そんなの、仕方がないですよ。お気になさらず。そんなことより今はほら、私に会いにくるよりも、耀くんの傍にいてあげてください」

やっとのことで蓮見くんのお母さんを病室から出すと、しばらくして再びドアを叩く音がした。時間的に来訪者はもう分かっている。ドアを開けると、制服姿の金子がこちらに手を振っていた。

金子は合唱祭以来、母につきっきりの私を心配して、冬休みにもかかわらず毎日のように病室を訪ねてくれていた。

金子からは、合唱祭以降の学園の様子も事細かに教えてもらっていた。


あれから、学長は辞職し、懺悔部屋の扉には立ち入り禁止の紙が貼られているらしい。

紫音は他の生徒への事情聴取で名前が挙がったことをきっかけに悪事が暴かれ、学園を退学になったという。今では施設に預けられているようだった。

共犯の江藤先生も学園を解雇された。

母は蓮見くんのお母さんに軽く接していたけど、蓮見くんのお父さんも、さらに学長も紫音も江藤先生にも、このあとさらに警察の厳しい取り調べが行われていくに違いない。

ただ、今回の事件をきっかけに葉月に関しても前より詳しく警察の捜査がされた結果、江藤先生と葉月との間には妊娠や交際の事実はないことが分かった。彼女のスマホからは、江藤先生への片想いを綴った文章や、佐野先生への悪口や成績不振への不安、高等部に行けなかったら自殺することなどを書いたＳＮＳアカウントが見つかった。陽性反応があらかじめ出ている検査薬を購入した履歴も見つかったようだ。


「あら、凛ちゃん。今日も来てくれたのね」

連日訪問してくれる金子に、今では母もすっかり打ち解けている。

「あ、今日は一人じゃないんです」

金子が振り返った方向に目をやると、スーツ姿の佐野先生が扉の向こうから控えめに顔を覗かせていた。

「あら、佐野先生！　お久しぶりです」

母はそう言って、彼女を部屋の中へ手招きする。

佐野先生は少し気まずそうに部屋の中へと入ってきた。

「ご無沙汰しています。明日には退院だと聞いて、一緒にお祝いしにきちゃいました。私なんて行ったたって仕方ないとも思ったんですけど」

佐野先生は、そう言って抱えていた花束を母に渡した。彼女は以前よりも活き活きとして見える。表情も明るい。以前のように幽霊には似ていなかった。

「この花ね、先生と一緒に選んできたんだよ」

金子が得意げに花束を指さした。

「綺麗ね」

母は、その色とりどりの花々を愛おしそうに眺める。学長の下での〝修行〟で、母はあらゆる色のついた物を捨てていたから、こんな姿を見ると少し安心する。

私が、貰った花束を花瓶に移そうとすると、金子がそれを手で止めた。

「いいよ。これは私がやるから、原田さんは少し休憩してて」

「そうね、ここは凜ちゃんに任せようかしら」

母がそんな金子を見て微笑んだ。

「透花、せっかくだから先生と二人でカフェでも行ってきたら?」

「そうですね、私も少しお話ししたいと思っていたところです」

母の提案に先生も頷く。連日の母の身の回りの世話で疲れが顔に出ていたのだろうか。私は彼女たちの気遣いに感謝しながら佐野先生と一緒に病室を出た。

母はまだ時々不安定になる。病室で金子と二人きりにするのは不安もあったが、少しの間なら大丈夫だろう。

私は佐野先生とエレベーターで一階に降り、院内に併設されているカフェテリアの一角に座った。

「お母さん、元気そうで本当に良かったわね」

佐野先生が口角を上げて呟く。しかし、その表情には祝福よりも哀れみが勝《まさ》っているように見える。私はそれに気づかないフリをして、笑顔を作ろうとしたが上手くいかなかった。

「そうですね。わざわざお見舞いに来てくれてありがとうございました」

先生との間にほんのり漂っている気まずさを紛らわすために、店員を呼んで注文をする。

店員が飲み物を持ってくると、佐野先生は思い切ったように口を開いた。

「ところで原田さん、もう学園には戻らないって本当？　家も引き払って、お母さんと二人でマンションに住むって」

「それ、金子さんから聞いたんですか？」

先生が頷き、私は苦笑した。どうやら人になんでもあけすけに話してしまう金子の癖は直っていないようだ。

「今まで私たちは学長からお金を貰って生活していたんです。こんなことになったのに、そんな生活を続けるのは現実的じゃないって母に言いました。そしたら、母は生活のためにピアノも売りに出すと言って……。そこまでしなくていいと私は言ったんですけど、『ピアノなんてなくたって生きていける。透花が一緒にいてくれればそれで十分。ママは透花のために一生懸命働く。今度は頑張れる自信があるから』って」

「大切にされている証拠じゃない」

佐野先生は、太腿の上で握りしめた私の手の上に自分の手を重ね合わせた。先生の手は母とは違って、白くてひんやりとしている。しかし、手の温《ぬく》もりや見せかけの笑顔が、その人の本当の温かさを測るものになりえないことは、ここ数ヶ月で身をもって知ったことだった。

少し前、私が母の食器を片付けていると、母はこちらに真剣な眼差しを向けてきた。

『透花、もうあの学園に無理矢理行く必要なんてないのよ。今まで本当にごめんなさい。また二人で新しく生活を始めましょう。あんな大きいだけの家は売って、小さなマンションに住んで、今度は透花の好きな場所で透花のやりたいことをやるのよ』

小鳥遊自由学園から離れることも、母と一緒に暮らすことも、私が切望し続けていたことだった。しかし、私は素直に母の言葉を受け入れることができなかった。

せっかく仲良くなった金子と離れるのが少し寂しかったのもあった。けれど、決してそれだけではない。

「正直に言うと、いま私は母の退院を心から喜べていないんです。母に助けられたのは事実です。だけど、これまで母は私のことを捨てようとしていたんです。本当は蓮見くんに刺されて私がいなくなったほうが良かったんじゃないかって時々考えるんです」

私は、先生のひんやりとした手をゆっくりと払うと、こちらを不思議そうに覗き込む彼女から少し距離を取って向き直った。

「あの日、母は確かに私のことを庇って自ら傷を負いました。だけど、思うんです。母は本当は学長のことを庇いたかったんじゃないかって。母が蓮見くんと学長の間に入ったのは、考えてみれば私とほぼ同時だった気がするし、そもそも私が間に入らなくても、母は学長のためなら同じことをしたんじゃないかって……」

簡単に言うと、私はまだ母のことを自分の母親として心から信用することができていなかったのだ。

顔に変な力が入って、上手く表情を作ることができなくなり、先生から目を逸らす。手元にあったカフェラテを口に運ぼうとしたが、唇が震えて上手く飲めなかった。

先生はそんな私を目の前にして、必死にかけるべき言葉を探しているようだ。

しかし、私は先生からアドバイスが欲しいわけではない。ただ、あの日以来ずっと胸の奥に抱えていたこのモヤモヤとした感情を、誰でもいいから聞いてほしかっただけだ。

「そういえば、先生はまた新しい学校で働き出したんですね」

私は重い空気を変えたくて、金子から聞いた話をし出した。

「そうよ。新しい場所でもう一度自分を試してみたくて」

先生は少し困った様子のまま、意味もなく一度立ち上がると、ほんの少し椅子の位置を変えて座り直した。その様子は、なんだか緊張しているようにも見える。

「あのね、原田さん。私、教師として自信を失っていたときにあなたから合唱祭に来てくださいって言われて、本当に嬉しかったのよ。B組の担任として少し認められたような気がして。そのとき、私はやっぱり教師でいたいんだって気がついたの」

先生はそれから、「心配しないで、新しい学校では生徒に無視されてないわ」と言って不器用に微笑んだ。

彼女にとって、もう一度教師に戻ることはどれだけ勇気のいることだっただろう。

「先生はすごいですね」

私が本音で言うと、先生は小さく首を振った。

「いいえ、原田さんのほうが逞しく見えるわよ」

「私なんて、いろんなことから逃げてばかりなんです」

「これからまた、新しく始めたらいいわ。生まれ変わったみたいに。こんな私でも意外となんとかなったんだから、原田さんなら絶対に大丈夫」

私は俯いたまま何も言わなかった。

「でも、一つだけ先生からお願いがあるの」

先生の改まった態度に、私は俯いていた顔をほんの少し上げる。

「なんですか？」

「許してあげてほしいの……。お母さんのことを。少しずつでいいから」

その言葉を聞いて、心臓が抉《えぐ》られるような気持ちがした。これまで母のことを許すとか許さないとか、意識的に考えたことはなかったが、心のどこかでは分かっていた。自分が一番許せないと思っている存在は、蓮見くんでも紫音でも、学長でもなく、母だったのだ。

「そうね、難しいわよね。何も今すぐになんて言ってないわ。ゆっくりゆっくり時間をかけて、原田さんの中で少しずつ消化していけばいい」

黙ったままの私に、先生は優しく語りかけてくれた。

それから先生はまっすぐ私の目を見つめる。

「原田さん、負ってしまった傷は簡単には消えないわ。この先も、薄れることはあっても完全に消えることなんてないのかもしれない。だけど、それにいつまでも囚《とら》われていたらどこにも行けなくなってしまうのよ。真っ暗な部屋に閉じ込められたみたいに。暗い落とし穴に嵌《は》まったみたいに」

私は先生と上手く目を合わせられなかった。

先生のその言葉は、カフェテリアを出て病室へ戻る間もずっと頭の中から消えなかった。

蓮見くんもこうやって、ずっと親友の復讐の念に苦しめられていたのだろうか。

だとしたら彼にこそ、さっきの佐野先生の言葉を伝えたい。

部屋に戻ると、窓から夕方のオレンジ色の光が優しく射し込んでいた。花瓶に新しく活けられた花も、その光に美しく照らされて神々《こうごう》しさすら感じる。

母のベッドの近くの丸椅子に腰かけていた金子が、私たちに気づいてこちらを向く。

「今ね、原田先生と一緒に歌ってたの」

金子はそう言って小さく歌い出した。それは、二年B組の合唱祭の自由曲だった。重ねて母が一緒に歌い出し、佐野先生が金子に乗せられて続き、私も一緒に口ずさむ。

しかし、少しして金子が耐え切れないといったように噴き出した。

「ちょっと待って。佐野先生の歌声、初めて聞いたかも。これ、小鳥遊さんが聞いたら怒るかもしれないね」

確かに、佐野先生の歌はお世辞にも上手いとは言えない。

指摘された佐野先生は顔を真っ赤にして「こらっ！」と金子の肩を小さく叩く。

私もその様子に噴き出し、病室は笑い声で溢れた。

思えば母と二人きりのとき、こんな風に笑ったことなんてなかった。いつからか、母と自然に笑い合うことはできなくなってしまっていた。私はその懐かしさに、笑いながら心の中で泣いていた。

やっぱり人の表情なんて当てにならないと思う。母だって、私に対して怒りながら、父との思い出を燃やしながら、本当はずっと泣いていたのかもしれない。

さっき先生が言っていた〝許す〟ということはまだよく分からない。

だけど、その表現は私の中で、これから母と生きていく上で一筋の命綱のように輝いて思えた。

「透花、ちょっと笑いすぎよ」

母が私と同じように笑いながら、そう言う。

今日みたいな、暖かい光で包み込みながら、私たちの中の確執《かくしつ》を少しずつ解放していけますように。そう祈りを込めて、私の肩に乗せられた母の指先にそっと触れた。

本書は書き下ろしです。

この物語はフィクションであり、実在する個人、組織、事件等とは一切関係ありません。

著者略歴

モモコグミカンパニー

2015年に“楽器を持たないパンクバンド”BiSHのメンバーとして活動を開始。2016年にメジャーデビューを果たすと、大ヒット曲を連発して各メディアで活躍を続ける。中でも著者は結成時からメンバーの中で最も多くの楽曲の作詞を担当。独自の世界観で圧倒的な支持を集める。2018年と2020年にエッセイを刊行。2022年には『御伽の国のみくる』で小説家デビュー。2023年のBiSH解散とともに作家活動を本格化させている。

悪魔のコーラス

悪魔のコーラス

2023年7月30日　初版発行
2023年7月31日　2刷発行

著者　モモコグミカンパニー
発行者　小野寺優
発行所　株式会社河出書房新社
〒151-0051
東京都渋谷区千駄ヶ谷2-32-2
電話03-3404-1201（営業）
03-3404-8611（編集）
https://www.kawade.co.jp/
装画　宮崎夏次系
デザイン　野条友史（BALCOLONY.）
組版　KAWADE DTP WORKS
印刷・製本　株式会社暁印刷

ISBN978-4-309-03116-3

御伽の国のみくる

モモコグミカンパニー

ISBN978-4-309-03030-2　264ページ

衝撃の小説デビュー作！

私の願いは、ただ１つ——
アイドルの夢破れ、メイド喫茶でバイトの日々。
裏切り、妬み、失望のはてに、
友美が見つけた答えとは？